소로와
함께한
나날들

일러두기
1 헨리 데이비드 소로의 표기는 '헨리 데이빗 소로우'와 '헨리 데이비드 소로'가 혼용되어 쓰이고 있으나,
　이 책에서는 국립국어원의 외래어표기법에 따라 '헨리 데이비드 소로'로 표기했습니다.
2 본문에 표시된 ●는 원저자의 주석을 말하며, 책 읽기의 흐름을 방해하지 않기 위해 뒤에 따로 실었습니다.
　더 자세히 알고 싶은 독자들은 확인하며 읽기 바랍니다.

Henry Thoreau as Remembered by a Young Friend

소로와
함께한
나날들

에드워드 월도 에머슨 지음
서강목 옮김

책읽는
오두막

차례

시작하는 글 · 6

1장 내 어린 날 속, 소로
그는 매혹적인 마술사였다 · 13
소로가 우리에게 가르친 것들 · 19

2장 소로의 젊은 날
자연을 학교 삼아 자란 아이 · 31
독립심이 강한 외골수 · 36
서툴지만 진실했던 교사 · 40
소로를 성장시킨 사랑 그리고 죽음 · 45

3장 의미 있는 인간으로 살기 위해
연필기술자 소로 · 59
측량기사 소로 · 67
단순하고 간소하게, 소로가 꿈꾼 삶 · 71
그가 월든으로 간 이유 · 77

4장 가면 없이 대상을 만난다는 것

우정의 미덕을 노래하다 • 91
인간의 권리가 있는 곳은 어디에 • 96

5장 이웃들이 말하는 소로

타고난 이야기꾼 • 109
나무와 꽃들과 샘의 보호자 • 118
날카로운 위트의 소유자 • 123
길 위의 예민한 사색가 • 127

6장 소로의 행복한 시도

월든 주의자 • 137
에머슨 그리고 소로 • 143
자신만의 속도대로 사는 삶 • 154
내가 지켜본 소로의 마지막 나날들 • 161

더 자세히 알고 싶은 독자들을 위해_저자의 주석 • 171
옮긴이의 글 • 200

나의 부모님과 누이들, 그리고 유모를 제외하면, 내 어린 시절 가장 일찍부터 기억할 수 있는 분이 소로 아저씨다. 아저씨는 우리 집 가사를 돌보았고, 아버지가 오래 집을 비운 두 번의 기간 동안은 가장이기도 했다. 아저씨는 우리 아이들에게 최상의 맏형이자 큰 오빠였다. 그는 곧 우리 어린 시절 야외소풍의 안내자 겸 동반자가 되었고, 뒤이어 우리 첫 번째 캠핑 여행의 충고자 역할도 해주었다. 내 나이 열일곱이었을 때 나는 아저씨 일생의 마지막 나날들을 지켜보았다. 스물일곱 해 전에 처음으로, 지금 이 책의 형태를 갖게 된 강연문을 쓰고 싶은 마음이 일었다. 가깝게는 콩코드 인근에, 멀게는 아저씨 독자들 사이에 퍼져 있는 그의 인격과 일생의 사건들 (아저씨는 누구에게도 이에 대해 말하지 않았다)에 대한 무지와 몰이해, 실제로는 아저씨를 전혀 알지 못하는 유명 저자들이 던져놓은 그릇된 인상들 때문에 몹시 마음 아팠기 때문이다. 소로 아저씨에 대한 로웰 씨의 글은 결코 그 주제에 값하지 못하며, 불행하게도 많은 사람들에게 나쁜 편견을 심어놓았다. 나의 친구를 옹호하리라 결심하면서, 나는 이곳 콩코드의 시골의사로서 여러 사람들을 만날 수 있었던 이점을 충분히 활용해야겠다고 생각했다. 그들은 아저씨에 대해 많은 것을 알고 있으면서도 단 한 줄의 글도 쓰지 않을 사람들로서, 문인들이 결코 찾으려 하지 않을 평범한 사람들, 이를테면 연필공장에서 아저씨의 일을 돕거나 토지측량에 협조한 사람들, 콩코드 인근을 샅샅이 산책하며 아저씨가 잘 알게 되고 높이 평가한 집안의 사람들, 아저씨 자신도 그중 한 사람이었던 용감하고 인간적인 지하철도(Underground Railroad) 운영자들 등이다. 또한 나는 다행히도 소로 아저씨의 제자 여섯 명과, 또 아저씨의 형 존과도 만나거나 편지를 주고받았다. 모두들 자기 학교와 선생님들의 놀랍고 흥미로운 특징에 대해 잘 증언해주었다. 아저씨가 죽고 난 뒤 오십여 년의 세월이 흐른 지금, 뉴잉글랜드 지역의 변화한 삶과 사고방식이 보여주듯 실로 여러 문제에 있어서 아저씨의 생각은 반세기를 앞서 있었다. 물론 그 시절의 사람들도 절주(節酒)소풍을 갔고, 낚시하러 다녔으며, 허클베리를 따고, 야생화를 꺾으며 야외활동을 즐겼다. 아주 소수의 사람들은 숲 속으로 산책을 다니기도 했다. 그러나 수많은 젊은이들이 사냥총이나 낚싯대 없이 계절마다 그 고유의 광채로 빛나는 자연 자체를 즐기기 위해 숲 속 산책과 강변 여행을 떠나게 만든 것은 바로 소로 아저씨의 매력적인 글이었다. 이 종류의 문학은 모두 아저씨 이후부터 발흥하였고, 의심할 여지없이 그에게서 영감을 얻었다. 자연학습은 이제 모든 학교의 교과 과목이 되었다. 지난 삼십 년 동안에 정착한 재미있고 독창적인 교수법은 아저씨 형제들의 교수법에 기원을 두고 있다. 체벌이란 눈을 씻고 보아도 찾기 어렵다.

연필 사업의 경우, 나는 이를 통해 아저씨의 가족에 대한 책임감 있고 긍지 넘치는 태도를 보여주고 싶다. 아저씨는 가업인 흑연연필 사업을 개선하고, 당시로는 이 나라에서 경쟁 상대가 없을 정도로 발전시켰으며 훌륭하게 유지했다. 비록 흑연연필에 몰두하기에는 그의 삶이 너무 아깝긴 했지만 말이다. 그랬다면 과연 어찌되었을까? 나는 소로 아저씨가 때로는 퉁명스러웠지만, 매우 세련되고, 예의 바르며, 자상하고 인간적인 사람이었음을 보여주고자 한다. 그는 진정한 종교인이었으며, 그 종교의 가르침에 따라 살았다.

아저씨는 말했다.

"허공중에 누각을 짓는다면, 거기가 그것들이 있어야 할 곳이기 때문이다. 이제 그 아래 기초를 놓으면 될 일이다."

1917년 5월, 콩코드

에드워드 월도 에머슨

아마도 유전되었을 어떤 본능이 인용으로 나의 주제를 소개하게 부추긴다.

오래전 이름 모를 희랍의 저자가 다음의 글귀를 남겼다.

"그대는 신들의 건강과 아름다운 황금시대에 대해 묻는다.

그러나 그대의 문구(文具)는 그 일에 어울리지 않고,

오히려 제우스의 손길에 족쇄를 채운다."

나는 또 다른 인용도 활용하고 싶다. 워즈워스의 시구이다.

"그러나 롭 로이는 현명하고 용맹하기도 했다.

나의 시구가 강렬하다 해도 용서하시라.

롭 로이를 다룰 만한 시인은

연약한 노래를 경멸해야 하는 법이니."

윌리엄 워즈워스(William Wordsworth), 「롭 로이의 무덤(Rob Roy's Grave)」 4연[1]

1장

내 어린 날 속 소로

그는 매혹적인 마술사였다

▲▲▲

어린 시절 내게 한 친구가 있었다. 교제 범위가 갑갑한 옥내 친구도 아니고, 소몰이꾼, 말몰이꾼도 아니며, 농부도, 벤치에 앉은 노예도, 가게나 사무실의 일꾼도 아니었다. 문단의, 예술계의, 사교계의 친구도 아니었다. 자유롭고, 친근하고, 생기발랄한 사람, 아무도 모르는 숲과 벌판을 떠돌다 시구의 표현대로

요정 나라 임금이 다스리는
밤과 낮 사이에[2]

노크도 없이 들어오는 사람, 어른들의 방문은 지나치고, 곧바로

아이들을 찾아 벽난로의 장작불을 더 잘 타게 지피는 사람이었다. 그것은 마치 마당에서 한 아름 안고 온 땔감보다도 그가 몰고 온 청량하고 신선한 북풍의 효과처럼 보였다.

그의 모습은 북구풍이었다. 강렬한 인상에, 밝은 갈색 머리카락, 바깥바람에 오래 노출된 뱃사람을 연상시키는 얼굴, 경쾌하고 재빠르게 말하는 입, 매부리 같은 코를 지녔고, 맑은 청회색의 깊숙이 박힌 그러나 크게 열린 눈동자는 항상 진지했으나 간혹 반짝거렸고, 이내 다시 엄숙해졌다. 결코 부드러운 눈길은 아니었다. 그 눈길은 가치 없는 일에(설령 가치 있는 일일지라도 어떤 것에는)³ 절대 머무는 법이 없었으며, 많은 것을 날카롭게 관찰했고, 운명을 두려워하지 않았다.

그는 작지만 당당한 체구, 완강한 힘과 참을성 있는 행동거지를 가진 사람이었다. 길을 걸을 때 그의 큼직하고, 곧바르며, 규칙적인 걸음걸이는 흡사 지치지 않는 기계를 연상시켰다. 활동적이고 균형 잡힌 체형에, 자유자재로 도약하거나, 춤추거나, 스케이팅을 할 수 있는 사람처럼 경쾌한 발걸음이었다.

그의 옷은 질기고 수수했다. 그는 긴 머리카락, 긴 수염 같은 피상적 방법이나 넓은 옷깃, 눈에 띄는 외투로 남들 눈에 대단해보이려는 항간의 소인배가 아니었다.

이 젊고 명랑한 사람은 우리 집안에는 낯익은 인물이며, 그가 '하멜린의 피리 부는 아저씨'처럼[4] 중앙 거실에서 노랫가락을 연주하면, 모든 아이들이 달려 나와 그의 무릎을 껴안았다. 그는 아무 거리낌 없이 아이들과 씨름하며, 벽난로 옆에 자리 잡고 이야기 보따리를 풀었다. 때로는 그의 어린 시절 신기한 모험담을, 더 자주로는 그날 그가 본 다람쥐, 사향쥐, 매, 또는 모니터 호(the Monitor)와 메리맥 호(the Merrimac)의 전투에[5] 비길 만한, 강 속 진흙거북들이 벌인 건곤일척의 결투, 붉은 개미와 흑개미 사이의 서사시 같은 대결전에 관한 이야기를 들려주었다. 그러고는 우리의 연필과 칼들을 사라지게 만들었다가, 다시 곧 우리 귀나 코로부터 끄집어냈다. 마지막으로, 잊힌 채 다락 속에 처박힌 묵직한 구리 프라이팬을 꺼내서는, 그 속에서 어떤 반향 소리가 들릴 때까지 불길 위로 쉼 없이 흔든 뒤 활짝 열어, 만개한 하이얀 꽃처럼 잘 터진 팝콘을 깔개에 앉아 있는 아이들 위로 쏟아냈다.

이 마술사는 나중에도 자주 집 안과 정원에 출현했고, 항상 우리를 매료시켰다.

이웃에 살던 어떤 여성은 그가 친구의 대문 앞에 멈춰 서서 한쪽 발을 커다란 계단석에 올린 채, 열심히 귀 기울이는 청중들에 둘러싸인 모습을 기억하고 있었다. 그는 방금, 둔하고 바쁘기만 한 일벌

레들, 즉 덩치 큰 어리석은 인간들이 아니라 청중들이 너무나도 알고 싶어 하는, 깊은 숲 속과 강가에 거주하는 신기하고 수줍은 존재들의 움직임과 노래를 보고 듣고 왔기 때문이었다.

분명히 에르실돈의 진실한 토머스(True Thomas of Ercildoune)가[6] 요정나라로부터 그 여왕의 선물인 "결코 거짓말 하지 않는 입"을 가진 채 돌아온 것이다.

또 어떤 여성은 말하기를, 이 인물이 뱃사람처럼 낯설게 보였지만 (그녀는 그가 기이하게 옷을 입고 다닌 점은 도저히 용서할 수 없다고 했다) 한 무리의 아이들에게 자신의 이야기를 들려줄 때, 낭패 당한 듯 보이기도 해서, 그 옷이 일종의 방어막을 형성하는 것처럼 보였다고도 한다. 세월이 지나감과 더불어 아마도 그는 어린 시절에 관한 헨리 본(Henry Vaughan, 1621-1695)의[7] 슬픈 시에 공감했을지도 모른다.

내 손길 다다를 수 없고, 나의 간절한 눈길
그것 쳐다보면 눈부시니, 마치 영원 같도다*

"그 순수함을, 아이들이 추구하는 그 순백의 계획들을 생생히" 유지하는 것이 그의 희망이었다. 숲 속 존재들의 때 묻지 않은 본성에 대한 이 존경심이 그를 그들의 거주지로 들어갈 수 있게 해준 여권이었으며, 아이들이 듣고 싶어 할 이야기를 보도하게 해준 기자증이었다.

소로의 초상

소로가 우리에게 가르친 것들

▲▲▲

　피리를 잘 연주했던 이 젊은이는 아이들에게 온갖 종류의 피리를 만들어주었다. 풀피리, 호박줄기 피리, 멋지지만 연약한 양파대강이 피리, 그러나 주로 봄철의, 물 올라 껍질이 부드러워진 황금빛의 버들개지 피리를 만들어주었다. 아이들이 나이를 먹어가자 허클베리 언덕으로, 키 큰 블루베리 숲이 있는 습지로, 매자나무와 밤나무 밭으로 데려갔으며 무엇보다도 마법의 나라 문을 활짝 열어주었다. 거무스레한 솔송나무, 붉디붉은 단풍나무, 연둣빛 자작나무들이 우거진 가운데 우리는 그의 보트를 탔고, 갖가지 나뭇잎과 푸른 용담잎, 꽃 매달린 향그런 포도넝쿨로 보트를 장식했다.

곧이어 그는 우리 소년들에게 로빈 훗으로 가득한 또 다른 낭만적인 세상의 문을 열어주었고, 다음의 시구가 진실로 옳다는 사실을 스스로 깨닫게 만들었다.

지빠귀, 개똥지빠귀 지저귈 때
녹음 멋진 숲 속은 즐겁고도 즐겁다.[8]

그는 또한 캠핑하는 법과 요리하는 법을 가르쳐주었고, 특히 고요한 밤중에 월든 호수(Walden Pond)[9] 한가운데에서 보트 젓는 법을 알려주었다. 그 순간 주위의 산들이 잠에서 깨어나 소리쳤다. 차례차례 신비롭고 놀라운 소리로. 링컨 힐과 페어헤이븐 힐, 심지어 코넌텀까지도 깊은 잠을 깨웠다고 투덜댔다.[10]

그는 또한 우리에게 숲 속에서의 예의범절을 가르쳤다. 숲은 소란한 자와 부주의한 자에게는 어떠한 보물과 지혜도 나눠주지 않는 법임을. 인간은 뱀이 흉측하다고 죽여서도 안 되며, 놀라게 했다고 복수해서도 아니 됨을. 아무리 열심히 새알을 모으는 사람일지라도 대부분의 알을 어미새에게 남겨야 하며, 둥지를 보러 너무 자주 가서도 안 된다는 이치를 알려주었다.

그는 아이들에게 자신의 주머니 사정과 두 다리가 짧다는 사실을 감출 수 없었지만, 그 다리는 짧은 대신 강건했고, 인근의 산 오르는 법을 알려주기에 충분했다. 와추셋(Wachusett)을, 뒤이어 모내드녹(Monadnock)을.[11] 거기 나뭇가지 위 집에서 사는 법을. 산딸기와 옥수수, 콩을 먹으면서도 올림푸스의 신들만큼이나 행복하게, 또한 그들처럼 구름과 천둥 속에서 사는 법을 알려주었다.

먼 길의 여행 뒤에는 항상 자신의 모험과 경이로운 체험을 들려주었고, 그의 언술은 소박하고 명료했으나 격조 또한 지니고 있었다. 그는 비천한 일도 마다하지 않았으니, 옛날 이야기의 착한 트롤(Troll)처럼[12] 능숙한 장인의 손길로 열쇠를 고치고, 돌쩌귀와 집 안 난로를 손보았다.

이 사람은 항상 엄숙하나 소박하게 예의를 차렸으며, 소리 없이 그러나 효과적으로 도움을 베풀었고, 우리 부모님이나 가까운 지인들로부터 늘 존경심과 애정 어린 평판을 받았다. 그는 그 시절 나라를 뒤흔들었던 싸움 속에서 요란스럽지는 않으나 강력하게 자유의 편을 들었다.

캔자스와 하퍼즈 페리에서[13] 붉은 아침이 동터올 때 그는 깊이 감동했고, 다른 경우에는 대중집회나 조직적인 시민운동을 기피했지만, 이때는 최전선에 나서서 핵심적인 역할을 하며 억압에 저항하는 연설을 했다.

이즈음에 그는 치명적인 지병에 걸렸고, 나는 그가 느리게 다가오는 죽음을 용감하고 유쾌하게 대면하는 모습을 지켜보게 되었다.[14]

그 후 나는 멀리 고향을 떠나게 되었고, 그의 책들을 읽기 시작했다. 그러나 그것은 일반적인 독자들처럼 읽는 것이 아니라, 내가 잘 아는 그 사람의 관점에서 읽는 독서였다. 그에 대해 질문을 던지는 많은 사람들도 만났고, 이상한 평판들을 들었으며, 그때마다 맹렬하게 반박하기도 했다. 또한 그를 경시하거나 비웃는 풍자와 글들도 읽었다. 그중에는 재능 있는 저자임에도 불구하고 그를 전혀 이해하지 못하는 우둔함을 보여서 도저히 용납할 수 없는 경우도 있었다.* 그가 거만하며, 촌스럽고, 괴팍하며, 생각의 독창성이라고는 하나 없이 남을 모방하려고만 하고, 심지어 자연사에 대한 그의 관찰은 쓸모없는 데다가 새로운 것도 아니라는 소리를 듣기도 했다.

콩코드의 경우만 해도 학창 시절이나 어린 시절의 그를 조금 아는 사람들, 또는 같은 마을에 살며 어느 정도 그를 아는 사람들도, 그가 성실한 사람으로서 분명히 존경받을 만하다는 점에는 동의해도 그에게 호의적인 감정을 갖지는 않았으며, 그의 삶이 지향했던 목표를 모르는 것은 물론이고 그의 생애에 일어난 여러 사건들을 알지도 못했다. 비난도 갖가지였으며 그 의미도 다양했다. 학교 선생 시절 학생들을 정당한 이유 없이 매질했다거나, 그의 부주의 탓에 숲 한 부분이 불에 탔다는 것이다. 사람들이 예배에서 돌아오는 시간에 마을 한가운데로 나무 한 그루를 끌고 갔으며, 월든 호수에 살고 있으면서도 실제로는 남의 식탁에 빌붙었고, 자기 어머니의 찬장에서 파이를 가져갔다는 것이다. 그는 남으로 하여금 자기 세금을 내게 만들었다. 그는 게으르고, 이기적이었다. 사업에 열중함으로써 자신과 가족을 위해 돈을 벌었어야 함에도 그러지 않았다. 정부를 믿지 않았으며, 애국심이 없었다. 그는 기독교인이 아니었다.

그렇다면 도대체 소로는 어떤 사람인가?

내가 말하는 사람은, 결코 평범하지 않은 의미에서, 내 유년기와 이른 청년기의 친구이자 생사를 넘어 나를 도운 은인이다. 이런 도움에 감사하고, 그와의 추억에 경의를 베푸는 일은 당연한 의무라 하겠다. 더군다나 그의 이름과 명예, 삶과 가르침이 머스케타퀴드(Musketaquid)[15] 근처에 사는 아이들만의 유산이 아니라 미국의 국가적 자산이 된 마당에는 더욱 그렇다.

그의 친구 세 사람이 이미 그에 대해 글을 쓴 바 있으나, 나는 그들의 증언에 더할 것이 없지 않고, 어떤 것들은 더욱 자세히 설명하고 예증할 수 있다. 나는 또한 콩코드의 여러 집안들과 들판에서, 이제는 유명을 달리하기도 한, 결코 기록을 남기지 않을 사람들로부터 곧 사라져버릴 기억들을 수집했고, 그것을 보존하기 위한 적정의 조처를 취했다. 많은 사람들에게 그는 단지 하나의 이름에 지나지 않았거나, 갖가지 방식으로 예술가들이 그린 초상화로 남은, 불친절한 정도는 아닐지라도 호감을 갖기는 어려운 인물이었다.

나는 이들 모두에게 똑같이 말하고 싶다. 당신이 익히 잘 안다고 생각하는 땅을 공명정대하게 다시 살펴봅시다. 그래서 뒷날의 시선과 더 나은 관점의 도움으로, 이전에는 무용지물이라고 지나쳤던 그 땅에서 가치 있는 것을 발견할 수 있는지 없는지 확인해봅시다.

옮긴이 주

1 월리엄 워즈워스(1770-1850)는 영국 낭만주의 시인이며 롭 로이(1671-1734)는 스코틀랜드의 민중 지도자이다.

2 영국의 소설가이자 시인 월터 스콧(Walter Scott, 1771-1832)의 발라드 「앨리스 브랜드(Alice Brand)」의 한 구절.

3 소로가 하버드 대학을 졸업하고 난 뒤 당시의 일반적인 대학 졸업생들이 추구한 세속적인 출셋길에 관심을 두지 않았다는 사실을 암시한다. 당시 하버드 대학 졸업생들의 대표적인 출셋길은 목사와 변호사, 의사였다.

4 중세 유럽 여러 곳에서 구전되던 이야기 『하멜린의 색동옷 피리 부는 아저씨(Pied Piper of Hamelin)』의 주인공. 13세기경 작센 지방의 도시 하멜린은 들끓는 쥐를 퇴치해줄 사람을 찾는다. 색동옷을 입고 색동고깔을 쓴 피리쟁이가 피리소리로 쥐들을 유인해 퇴치했는데, 이에 대해 보답하겠다던 하멜린의 어른들은 약속을 지키지 않는다. 그러자 피리쟁이는 마술피리의 힘으로 도시의 아이들을 모두 데리고 어딘가로 사라진다. 이 이야기는 그 후 여러 형태의 동화로 퍼지게 되었다. 그림형제의 동화집, 괴테의 시와 『파우스트』의 한 대목, 로버트 브라우닝의 시 등이 이 이야기를 다루고 있다.

5 남북전쟁 중인 1862년 3월 체사피크만에 면한 제임스강 어귀에서 북군의 전함 모니터호와 남군의 전함 메리맥호 사이에 벌어진 해전. 남북전쟁의 가장 중요한 해전이며 해전사상 최초의 철갑전함들 사이의 전투로 알려져 있다.

6 '가객 토머스(Thomas the Rhymer)'라고도 불리는 '에르실돈의 진실한 토머스'는 13세기경 스코틀랜드의 전설적인 시인이자 예언가이다. 그는 진실만을 말하고, 거짓말을 할 수 없는 입과 혀를 가졌다고 전해진다. 1882년부터 호우튼 미플린 출판사에서 영국과 스코틀랜드 동시 300여 곡을 시리즈로 출판했는데, 그중 37번째 동시가 「가객 토머스」다. 저자 에드워드 에머슨은 이 책을

읽었다.

7 헨리 본은 영국의 형이상학파 시인이며, 인용된 시는 그의 「어린 시절 (Childhood)」의 한 구절이다. 원시에서는 '순수함(innocence)' 대신 '시절 (chronicle)'이란 시어로 되어 있다.

8 앞서 소개한 월터 스콧의 「앨리스 브랜드」의 한 구절.

9 월든 호수는 콩코드 남쪽 2킬로미터 지점에 있는 구혈호(빙하가 판 호수)이 다. 깊이 31미터, 면적 25만 평방미터, 둘레 2.7킬로미터의 물담이니, 우리 기 준으로는 연못이라기보다는 호수라고 부르는 것이 자연스럽겠다. 소로는 스 물여덟 살이 되던 1845년 3월에 땅 소유자인 에머슨의 허가를 얻어 월든 호수 북쪽 호반에 오두막을 짓기 시작했다. 오두막은 너비 3미터, 길이 4.5미터, 기 둥 높이 2.4미터 규모였는데, 몇몇 마을 사람들의 손을 빌긴 했지만 대부분 소 로 자신의 힘으로 지었다. 소로는 그해 독립기념일인 1845년 7월 4일 이사해 서 1847년 9월 6일까지, 정확히 2년 2개월 2일 동안 이 오두막에 거주했다. 이 기간 동안 『콩코드강과 메리맥강 위에서의 일주일』과 『월든』이 집필되었다.

10 링컨 힐은 월든 호수의 동남쪽에 있는 산이고, 페어헤이븐 힐은 남서쪽에 있는 산이며, 코넌텀은 더 먼 남서쪽에 위치한 구릉지대다.

11 와추셋은 콩코드 서쪽 30킬로미터 지점에 있는 해발 600여 미터의 산이며, 모내드녹은 콩코드로부터 남서쪽으로 60여 킬로미터 떨어진 해발 965미터 높이의 산이다. 소로는 1844년 여름에 처음으로 모내드녹에 올라 하룻밤을 야영했다. 그 후 이 산은 그가 가장 자주 찾는 곳이 된다. 모내드녹은 현재 세 계에서 가장 많은 사람들이 오르는 산으로 알려져 있다.

12 트롤은 북구신화에 등장하는 숲이나 바위지대, 동굴 등에 사는 장난꾸러기 요정이다. 그 크기와 모양새는 이야기마다 다르고, 인간에게 위험한 존재로 그려지지만, 간혹 도움을 주는 사례도 있다.

13 미국사에 있어 소로가 살았던 19세기 중반은 격동의 시기였다. 서부와 남부로 미국의 영토가 확장되며, 새로운 주들이 생겨났고, 노예제의 존폐를 놓고 남북이 격렬하게 대립하고 있었다. 소로가 37세 되던 해인 1854년, 새로운 주로 탄생한 캔자스주를 두고 미국 내의 노예제 폐지론자와 노예제 찬성론자들 사이에 격렬한 힘겨루기가 진행된다. 해당 주의 거주자들이 그 주의 입장을 정한다는 요지의 '캔자스-네브래스카 연방법'이 막 공표된 터라, 캔자스주를 노예제 주로 만들기 위한 이주민과 그 반대의 움직임이 대규모로 진행되었다. 폭력적 충돌도 빈번하여 이 시기의 캔자스주를 "피의 캔자스(Bleeding Kansas)"라고 부를 지경이 된다. 캔자스는 1861년 1월 노예 없는 자유로운 주로 미국연방에 가입되나, 3개월도 채 지나지 않아 남북전쟁(Civil War, 1861-1865)이 발발한다.

캔자스주에서도 맹활약했던 과격한 노예제 폐지론자 존 브라운(John Brown)은 1859년 10월 16일 한 무리의 추종자들을 이끌고 웨스트버지니아주 하퍼즈 페리에 위치한 연방무기공장을 공격한다. 그의 계획은 남부 노예들이 무장봉기 시 사용할 무기를 탈취하기 위해서였다. 그는 곧바로 파견된 연방해병분견대에 의해 체포되고, 내란죄로 기소되어 교수형에 처해진다. 그 해병분견대의 지휘관이 나중에 남군의 총사령관이 되는 로버트 리(Robert E. Lee, 1897-1870) 대령이었다.

존 브라운은 1857년과 1859년 두 번에 걸쳐 콩코드를 방문해 군자금을 모금했고, 소로를 만나기도 했다. 소로는 노예제 폐지를 주장하고, 그 방법은 아닐지라도 존 브라운의 대의명분은 옹호하는 수차례의 연설을 행한다.

14 소로가 처음 폐결핵에 감염된 때는 그가 하버드 대학을 졸업하기 1년 전인 1836년 5월로 추정된다. 당시 19세였던 그는 원인 모를 병으로 학업을 중단할 수밖에 없었다. 그 시대 콩코드에서는 폐결핵으로 인한 사망자들이 타 지역에

비해 상대적으로 많았었는데, 이 접촉성 전염병이자 소모성 질환은 소로 집안의 일종의 가족병인 셈이다. 소로의 할아버지 존 소로가 폐결핵으로 사망했고, 형 존의 건강에도 나쁜 영향을 미쳤으며, 누나 헬렌도 폐결핵으로 37세의 나이에 죽었다. 가내수공업 수준의 연필공장을 운영하는 통에 온 집안이 흑연가루로 뒤덮이는 거주환경도 이들의 건강에 악영향을 미쳤을 것이 분명하다. 1860년대로 접어들며 소로의 건강은 현저히 나빠졌고, 저자 에드워드 에머슨이 하버드로 진학하는 1861년에는 옥외활동이 힘들 정도로 악화되었다.

15 머스케타퀴드는 콩코드 서북부에 위치한 넓은 초원 지역이다. 여기에서 어새벳강(Assabet river)과 서드베리강(Sudbery river)이 합류하여 콩코드강을 이룬다. 북미인디언들은 콩코드강을 머스케타퀴드라고 부르기도 했다.

2장

소로의 젊은 날

자연을 학교 삼아 자란 아이

▲▲▲

데이비드 헨리 소로(그의 이름은 훗날 자리가 뒤바뀐다)는[16] 1817년 7월 12일 콩코드 마을에서 동쪽으로 2.4킬로미터쯤 떨어진 버지니아로 부근 한 농가에서 태어났다. 이듬해에 집안이 첼름스퍼드로 이사했고, 얼마 지나지 않아 보스턴으로 옮겼다. 보스턴에서 그의 공식적인 공부가 시작되었다. 그가 여섯 살일 때 가족들은 다시 콩코드로 돌아왔고, 이후 내내 이곳에서 거주했다.

소로의 가족과 아이들에 대한 훈훈한 일화들이 남아 있다. 할아버지 장 소로(Jean Thoreau)가 처음 저지 섬(Jersey)에서[17] 이주해왔고, 부친 존 소로(John Thoreau)는 친절하고 조용한 사람이었으며, 유머러스한 면도 있었다. 유달리 야심 찬 기술자는 아니었지만 정직하고 지적이었으며, 항상 고객들에게 좋은 제품을 제공하려 노력했다.[18] 그와 그의 부인은 콩코드의 숲들을 속속들이 알았고, 누구보다 먼저 당신들의 아이들을 그곳으로 데려가 새들과 꽃들을 공부하게 만들었다. 스코틀랜드 혈통인 어머니 신시아 던바(Cynthia Dunbar)는 쾌활하고, 유능했으며, 재치 있는 부인이었다.[19] 간혹 그녀의 재담에는 날 선 구석이 없지 않았지만, 많은 이웃들이 진심으로 증언해주는 바이고, 나 또한 증언을 더할 수 있는 바, 그녀는 매우 친절했고, 특히 어린이들에게 그러했으며, 그 친절은 대부분 세심하게 베풀어졌다.

또한 그녀는 대단히 사려 깊었고, 얼마 안 되는 돈으로도 즐거운 가정을 꾸리는 데 비범한 재주를 가졌다. 검소한 식단과 소박한 식재료를 토속의 향미료로, 그리고 무엇보다도 명랑함으로 조리함으로써 맛나게 만들었다. 이 착한 부인은 일과 보살핌을 제자리에 둘 줄 알았으며, 삶과 사랑을 무엇보다 앞세울 줄 알았다. 가까운 이웃이자 친구가 전한 바에 따르면 이 집안에서는 수년 동안 평일에는 차나 커피, 설탕, 그리고 다른 사치품을 사용하지 않았고, 그리하여 어릴 때부터 음악적 재능을 보였던 딸들을 위해 피아노를 사줄 수 있었고, 모든 아이들의 교육비를, 특히 둘째 아들의 대학 교육비를 댈 수 있었다고 한다. 그런데도 그녀의 식탁은 항상 매력적이었으며, 음식은 풍족했고 맛깔스러웠다. 그녀에게는 두 딸과 두 아들이 있었는데, 헨리는 둘째 아들이었다.*

헨리 소로의 어린 시절에 대한 다음의 작은 일화는 어머니가 오랜 친구에게 말해줌으로써 전해지게 되었다.

존과 헨리는 큼직한 비버 털가죽에 싸여, 부모들의 기둥침대 아래 설치한, 지금은 사라진 재밌는 소아용 바퀴침대에서 함께 잠을 잤다. 존은 금방 잠들었지만 헨리는 종종 늦게까지 깨어 있었다. 어머니가 어느 날 밤, 잠자리에 든 한참 뒤에도 작은 아이가 깨어 있는 것을 보고 물었다.

"애, 헨리야. 왜 아직 안 자고 있니?"

그가 답했다.

"어머니, 저는 별들을 쳐다보고 있었어요. 그 너머로 하느님을 볼 수 있을까 해서요."

*   *   *

소로는 콩코드의 학교들에서 하버드대학 입학 준비를 했다. 그는 시간만 나면 자연이 가르치는 초등학교로 등교했다. 어머니 자연은 등굣길을 때로는 빛나는 얼음으로, 또 거울 같은 수면으로 치

소로의 생가.
콩코드에 있는 이 집에서 소로는 생의 마지막 나날을 보냈다.

장해주었고, 어떨 때는 산딸기 가득한 숲 속으로 발길을 유혹하기도 했으며, 곤충채집상자나 낚싯대, 구식 엽총을 든 이 모험심 가득한 소년에게 환상적인 동물들과 새들, 물고기들을 보여줄 것이라 약속했다. 이런 물건들에 그는 매우 익숙했고, 아주 일찌감치 이 학교의 과정을 이수하고는 그 학용품들을 뒤로 했다.

　가족 모두가 천부적으로 야외활동에 소질이 있었으며, 아이들과 부모들 사이의 관계나 동기간의 관계가 유달리 행복하고 조화로웠다. 가족들은 콩코드의 유니테리언 교파나 정통교파 교회에 출석했고, 그는 이 교회들이 제공하는 공식적 종교 교육을 받을 기회를 가질 수 있었다.

독립심이 강한 외골수

▲▲▲

그 당시 아이를 하버드 대학(이상하게 들릴지 모르지만 하버드 대학은 그때도 자선교육기관이었고, 지금도 그렇다는 사실을 기억해야 한다)에 보내는 데 드는 상대적으로 적은 학비도 이 집안의 재정 사정을 압박하기에는 충분했다. 어머니는 앞서 말한 것처럼 비상금을 적립했고, 누나들도 도왔으며, 고모들도 힘을 합쳤다. 소로 자신은 장학금을 받고, 장학생의 자격을 계속 유지함으로써, 또 그 당시 대부분의 대학생들이 해온 건전한 관습처럼 대학 과정 중에도 하급 학교에서 학생들을 가르침으로써 가계를 도왔다. 그러나 그런 희생들을 생각하면 그의 어머니 친구 분이 내게 해준 이야기가 떠오른다. 소로는 그녀에게 하버드 대학에서의 공부가 지불한 희생과 비용에 비춰 그리 시원치 않았다고 말했다 한다.

소로가 독립심 강한 독특한 성격의 인물이었다는 증거는 학창 시절에서도 찾아볼 수 있다. 나중에 그가 활용한 내용을 보아도 알 수 있듯이, 소로는 고전학과 수학 분야에 탁월한 재능을 보인 학생 이었다.[20] 그러나 그는 교과과정이 너무 협소하다고 생각했고, 지불한 희생을 의미 있게 하기 위해서는 너무 교과과정에 매달려서는 안 된다고 생각했다. 그것은 고작 대학에서의 성적이나 우수상, 또는 졸업식의 연단에 오르는 기회에 눈이 팔린 꼴이라는 것이다. 그렇게 생각했기에, 비록 학점이 나빠지면 장학금이 가져다주는 도움도 잃고, 몇몇 교수들의 불신도 사게 되겠지만, 그는 의도적으로 많은 시간을 대학 도서관에서 보냈다. 공사립 도서관이 흔해진 요즘에는 실감하기 어렵겠으나, 그것은 시골 소년이 그 시절 활용할 수 있는 최고의 기회이자 상이었다.

그는 도서관에서 그때나 지금이나 여전히 중요하고 훌륭한 저자들로부터 많은 지식을 습득했다. 내가 대학에 진학했을 때 그는 내게 하버드가 제공할 수 있는 최고의 선물은 도서관이라고 충고해주었으며, 대학 생활 내내 도서관을 지속적으로 사용했다고 말했다. 때로는 당시의 바보스런 관행이 빚은, 책들을 무용지물로 만들어 배치한 꼴인 고집불통 도서관 직원들에게 용감하게 맞섰고,

그들이 거만하게 굴 때는 곧바로 대학 당국의 실권자들에게 찾아가 특별 열람증을 얻어옴으로써 정당한 권리를 주장하는 사람은 결코 무시해서는 안 된다는 사실을 입증했다.

그는 1837년 좋은 성적과 학점으로 문학학사학위를 받았다.[*]

흥미롭게도 소로는 스무 살의 나이에 졸업기념학회 발표문에서[21] 나중에 그가 영위한 삶의 방식을 이미 옹호하고 있다. 그는 다음처럼 상상한다.

"누군가가 먼 별들에서 우리의 지구와 그 위에 거주하고 있는 불안한 동물을 관찰한다면, 그는 아름다운 거처를 가진 존경할 만한 인물을 단 한 명만 발견하고, 아흔 아홉 명이 지구 표면에서 한 줌 금빛 먼지를 긁어모으느라 야단법석인 모습을 보게 될 것이다…."

그는 또한 이렇게 상상한다.

"자신들의 본성에 충실하게 사람들은 도덕심을 계발하며, 인간답고 독립적인 삶을 영위해야 한다…. 그러면 바다가 오염되지 않을 것이고, 대지는 영원히 푸르를 것이며, 공기는 항상 맑을 것이다. 우리가 살고 있는 이 신기한 세계는 편리의 세계이기보다 경이의 세계이다. 유용성의 세계이기보다 미의 세계이며, 사용할 대상이 아니라 경탄하고 향유해야 할 대상이다. 모든 것의 질서가 어쩌면 뒤집혀야 한다. 일곱 번째 날이 인간 노동의 날이어야 하고, 이 날에 이마에 맺힌 땀방울의 덕택으로 생계를 꾸려야 한다. 나머지 여섯 날은 그의 사랑과 영혼을 위한 안식일이어야 하며, 그날들에 이 넓디넓은 정원을 손질하고, 자연의 부드러운 영향력과 숭고한 계시를 흡입해야 한다."[22]

서툴지만 진실했던 교사

▲▲▲

당시 대학을 갓 나온 시골 청년은 주로 교사를 직업으로 선택했다. 멀리 바깥에서 더 좋은 기회를 찾지 못한 소로는 콩코드 공립학교에서 아이들을 맡았다. 그러나 체벌에 관한 한 솔로몬의 잠언에 어긋나서, 집사였던 학교 위원회의 한 위원은 소로를 불만스럽게 생각했다.[23] 볼 집사는 의혹에 가득한 시선으로 한 학기 내내 그의 수업을 감시했고, 건전한 교육의 초석이라고 믿었던 체벌이 있기를 기다렸으나, 그러지 않자 당연히 선생을 비난했다. 소로의 친구 중 한 사람이 전해 준 이야기는 이랬다.

당시 젊기도 했던 소로는 묘한 유머 감각을 발휘해, 콩코드의 돈도 받지 않으면서, 또 그에 합당한 가르침도 베풀지 않은 채, 그날 오후 여섯 명의 학생들을 벌주고는 저녁때에 비인간적인 교육법을 요구하는 직장을 사직해버렸다. 그때 어린 소년이었고 아직 생존해 있는 한 학생은 이유도 모른 채 평생 동안 마음속에 불만을 품고 있었다. 그러나 나는 소로의 처벌은 결코 혹독하지 않았으리라 확신할 수 있다. 그는 항상 아이들을 좋아했고 존중했기 때문이다. 나중에 이 학생도 사정을 알고, 소로를 좋아하게 되었다. 그 학생은 내게 소로 선생님은 파리 한 마리도 일부러 죽이지 않을 분처럼 보였고, 이 경우 외에는 항상 온화하고 친절했다고 말했다.

* * *

다음 해, 두 형제는 다른 종류의 교육을 시도하였다. 형 존과 헨리는 콩코드 사립학교(Concord Academy)에서 아이들을 가르치기 시작했다. 당시 스물세 살 무렵이었던 존이 교장이었다. 그는 매력적인 용모에 쾌활하고, 명랑하며, 인정 많은 선생이었다. 반면, 독특하고 진지했던 동생은 자의식에 시달리는, 대단히 인간적이긴 해도 결코 성정을 드러내지 않는 선생이었던 듯하다. 그는 주로 고전학 분야를 책임졌다.

26년 전에 나는 그들의 학생 여섯 명과 직접 대화하거나 서신을 주고받을 기회를 가졌는데, 모두들 학교생활이 즐거웠다고 회상했고, 몇몇은 그런 학교생활을 열렬히 지지했다. 그들의 진술을 통해 교사들의 고매한 인격과 넓고 수준 높은 교육이 미친 영향이 대단했다는 사실을 알 수 있었다.

한 제자는[*] 다음처럼 말했다.

"그 학교는 독특했어요. 어느 누구도 매를 맞거나 위협받지 않았어요. 그런데도 그처럼 군대같이 질서정연한 기율을 가진 곳을 나는 본 적이 없어요. 어떻게 가능했는지 모르지만, 구제불능의 아이들도 철이 들었다오."

이 제자는 애정에 목마른 편이었고, 존에게서만 배웠다는 점을 고려해야 하겠는데, 그는 다음처럼 말했다.

"헨리는 사랑받는 선생은 아니었어요. 그는 양심적인 선생이었으나 엄격했지요. 그는 월급을 공으로 받는 사람이 아니었답니다. 맡은 학생들에게 자신이 할 수 있는 최선을 다했어요. 아니, 그렇다고 불쾌한 분이라는 뜻은 아니라오. 나중에야 그를 이해하게 되었지요. 아마 그도 당시에는 설익은 사과 단계의 선생이었을 것이오."

소로에게서 더 많이 배운 다른 제자는,[*] 두 형제를 모두 대단한 애정과 감사의 마음으로 회상하며, 다소 다른 이야기를 해주었다.

아침 기도가 끝난 후, 두 형제는 교대로 제자들에게 짧은 훈화를 들려주었으며, 독창적이고 흥미로운 그 훈화는 그날의 일과를 잘 성취하도록 마음을 가다듬게 하는 것이었다고 그는 말했다. 그는 특별히 소로의 훈화를 많이 기억하고 있었다. 그것은 계절의 변환과 그 원인, 계절이 있어 좋은 점들, 생명체의 필요에 알맞은 계절의 특징 등에 대한 것이었다. 또한 계절의 아름다움을 강조했으며, 이를 실제로 보여주기 위해 자신이 묘사한 것을 교실로 가져오기도 했다. 아이들의 정신세계에 맞추어 이해하기 쉽게 그린 삽화로 우주의 구조를 설명했으며, 신선하며 재미있고 알기 쉬운 방식으로 신성모독에 대해서도 언급했다.* 이럴 때에는 바늘 떨어지는 소리도 들릴 정도로 교실이 조용했다. 무엇보다도 그는 학생들이 존경하는 선생님이었다. 그러한 교육법은 오늘날은 너무나 당연해 보이지만, 당시로는 아주 새로운 방법이었다.

또 다른 제자는* 다음처럼 말한다.

"그때뿐만 아니라 그 뒤로도 내게 가장 인상 깊게 남은 것은 소로 선생님의 자연사에 대한 해박한 지식이었지요. 사물들을 예리하게 관찰하고, 열심히 연구했답니다. 게다가 대단히 재미있는 화술을 가졌었지요. 세상 누구보다도 셀본의 길버트 화이트(Gilbert White, 1720-1793)를[24] 연상시키는 분이었습니다."

소로가 형과 함께 아이들을 가르쳤던 콩코드 사립학교

소로를 성장시킨 사랑 그리고 죽음

▲▲▲

두 형제들은 사뭇 달랐지만, 그 점이 오히려 동기간의 관심과 행복을 증대시켰다. 그들은 진정 친밀한 공감을 나누는 사이였다. 한때 두 형제가 동시에 한 젊은 여성에게 이끌린 적이 있었다. 그녀는 두 사람을 모두 거절했고, 곧 그들의 관심 밖으로 사라졌다. 소로가 사랑에 대해 말하는 대목이나 그의 상실감을 노래한 두 편의 시를 보면, 실망조차도 그의 삶을 고양시켰다는 사실을 알 수 있다.

첫 번째는 「공감(Sympathy)」이라는 제목의 시이며,* 여기서 여성은 "착한 소년"으로 위장되어 있다.[25] 다음은 나머지 다른 한 시이다.[26]

동쪽의 아가씨에게

동쪽 하늘 아래

그대 빛나는 눈동자 이울어

그 우아한 광채 다시는

내 시야 안으로 떠오르지 않으나

저 깔쭉깔쭉한 언덕 위로

떠오르는 별들마다

그대 따뜻한 마음 전해주오.

나 그대 마음 아노니,

살랑이는 서풍도

그대 상냥한 소망 실어오고,

내 마음 그대에게 실어가네.

군중들 위의 구름 한 조각

세심하게 내 머리 위로

잠시 머물러

상냥한 소식 전해주네.

지빠귀 노래하고,

방울꽃 울리며,

녹음방초 향기 내뿜으니

우리 마음 그 의미 아노니

나무들 손 흔들어 환영하고,

호수들 물가 씻어 마중하네,

그대 자유로운 마음

내 은신처로 찾아올 때

(중략)

그대 나와 함께 있는 듯이

나 여전히 노력할 것이니

어떤 길을 걸어가든

그대를 위한 길이며,

그대 내 곁에 있는 듯이

넓고 평탄한 길이네.

(중략)

여름방학 중에 두 형제는 함께 그 행복했던 보트 여행을 떠났다.[27] 유명인사들이었기에 강상여행을 선택한 것이다. 그러나 죽음이 얼마나 갑작스럽게, 그리고 이상한 모습으로 그들의 지상에서의 삶을 갈라놓을지는 꿈에도 생각하지 못했다. 한창 행복한 시절에 형 존이 아주 사소한 생채기로 파상풍에 걸려 며칠 만에 죽게 된 것이다.[28] 그 상실감과 그 충격, 그리고 끔찍한 고통 속에서 죽어가던 형의 마지막 모습은 한동안 소로를 완전히 무기력 상태에 빠뜨렸다.

한 친구의 말에 의하면, 그는 집 안에 멍하니 앉아만 있었고, 아무 것도 할 수 없었으며, 상태를 호전시키기 위해 누이들이 억지로 그를 끌고 문밖 출입을 시키곤 했다 한다.

그리고 비슷한 시기에 그가 아끼던 멋진 아이가 갑자기 죽었다.* 소로에게는 제2의 집과도 같은, 가까운 친구 집안의, 거의 매일같이 함께 놀고 이야기 나누던 아이였다.[29]

그는 비탄의 골짜기로[30] 들어간 셈이었다. 그러나 내조자이자 안내자에 대한 꿈이 사라지고, 뒤이어 가장 가까운 동료가 유명을 달리 했다고 해서, 감히 누가 이런 축복들이[31] 자신의 기이한 소명을 완수하는 일로부터 소로를 해방시켜줄 거라 장담할 수 있겠는가? 사람들과 우정과 친교를 나누고픈 그의 갈망이 적지 않았지만, 그것은 부차적인 것이었고, 그의 천재성은 외롭게 성취되어야 할 것이었기 때문이다.

그의 이 고독한 행복 덕분에 온 세상은 소로가 남긴 최상의 선물을 받게 된다. 그가 가장 갈망하고 애지중지했던 관계가 끊어지거나 불가능해졌지만, 그만큼 열렬히 바라지는 않았을지라도 더욱 도움이 되는 새로운 관계가 주어졌다.

***

소로로 하여금 자신의 독창적이고 강렬한 개성을 발전시키도록 자극할 만한 곳은 미들섹스에서[32] 콩코드만 한 곳이 없었다. 콩코드는 여러 가지 원인으로 사고와 정신의 각성운동이 뉴잉글랜드 지역에서 일찍 발흥한 곳이었다. 당시 뉴잉글랜드는 물질적으로 풍요해지는 일에도 더뎠고, 종교적으로는 형식에 갇혀 잠든 상태이고, 정치적으로는 이기적이었으며, 문학에서는 지방적이었다.

이 시기에 젊은 소로는 이곳에 거주하고 있거나 방문하게 되는 많은 인사들과 지속적으로 만나게 된다. 그들은 하느님과의 관계를 보다 자유롭고 고귀한 관계로, 또 인간들 사이의 관계는 더욱 소박하고 인간적인 관계로 생각하며, 용기와 행복감, 희망으로 가득 차 있는 사람들이었다. 그러나 소로의 사고가 그 유사한 생각들에 자극받으며 성장한 것은 의심할 여지가 없으나, 소위 초절주의(Transcendentalism)[33] 시기의 사상에 의해서만 만들어진 인물은 아니라는 점이 분명하게 이해되어야 하겠다. 어린 시절부터 드러난 그의 깊은 생각, 대학 시절 공부 주제와 초기 일기에서 볼 수 있는 독립적인 성향 등은 소로는 소로일 따름이지 남을 모방한 결과가 아니라는 사실을 증명해준다.

수개월 동안 같은 지붕 아래 생활하면서 한창 때의 에머슨과 갖게 된 친밀한 관계는 자연히 그의 초기 저작들에 영향을 미쳤을 것이며, 에머슨의 행동거지나 화술의 어떤 외면적 특징도 무의식적으로 받아들이게 만들었을 것이다. 그러나 이 정도가 인정할 수 있는 전부이다. 완전한 독립성, 강렬한 개성이 소로의 두드러진 특징이었으며, 오히려 그의 약점은, 친구들이 너무나 잘 알고 있듯이, 복종심이 아니라 대화할 때 지나치게 논쟁적이었다는 점이다. 이러한 강력한 정신이 남을 의식적으로 모방했을 가능성은 추호도 없다.

가까운 사람들이 그의 일부가 찢겨져 나간 것 같았다고 표현한 바 있는, 형을 잃은 그 상실의 아픔을 소로는 용감하게 극복했다. 음악이 맨 처음 다가온 구원의 소리였던 듯하다. 그러나 위대한 자연이 그 조용한 손길로 그녀의 아들을 치유하기 시작했다고 볼 일이다. 소로는 이전보다 더 많은 시간을 혼자서 보냈고, 그러고는 어머니 자연의 품을 찾았다. 한편 이 시기의 아름다운 편지들이 보여주듯이 친구들도 귀중히 여겼다.

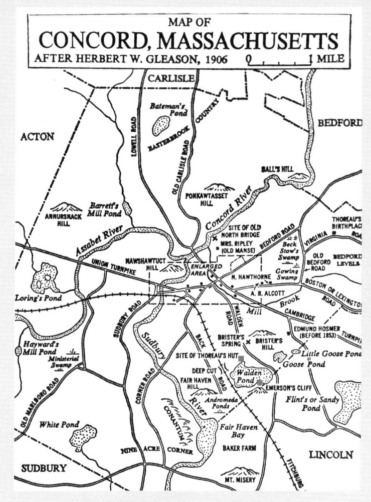

MAP OF
CONCORD, MASSACHUSETTS
AFTER HERBERT W. GLEASON, 1906   0   1 MILE

미국 동부 매사추세츠주에 위치한 콩코드시.
유난히 숲과 강이 많아 미국 내에서도 아름다운 곳으로 정평이 나 있다.

■ 소로의 오두막이 있던 위치
● 월든 호수

옮긴이 주

16 소로가 태어나기 6주 전에 삼촌 데이비드 소로가 사망했다. 세례식에서 교구 목사는 삼촌 이름을 넣어 데이비드 헨리 소로라고 명명했다. 그러나 소로는 20세가 되던 1837년 하반기부터 자신의 이름을 헨리 데이비드 소로라고 서명한다.

17 소로의 할아버지 장 소로는 프랑스 노르망디 앞의 작은 섬 저지에서 태어났다. 그는 원래 민간 사략선의 선원이었는데, 난파된 배에서 구조되어 1773년 미국으로 건너왔다. 이름도 영어식의 존 소로로 바꾸고 보스턴에서 생활하던 그는 1781년 제인 번즈(Jane Burns)와 결혼하여 열 명의 아이들을 낳았다. 전처가 죽고 난 뒤 1800년 콩코드로 이사해 정착한다.

18 소로의 아버지 존 소로는 1787년에 태어났고, 콩코드와 세일럼 등에서 사환 역할을 하며, 상점을 돌보는 일을 배웠다. 1808년 성년이 되었을 때 계모로부터 아버지 유산 1천 달러를 받아 자신의 잡화상을 연다. 1812년 발발한 영미전쟁 기간에 보스턴 항구의 병참보급소를 관리했고, 그 보상으로 160에이커의 땅을 지급받았다. 1812년 신시아 던바와 결혼하여 네 아이를 얻고, 1814년부터는 콩코드 중심에 있는 작은 상점을 운영하다가 우연한 기회에 연필제조사업을 하게 된다.

19 신시아 던바 소로는 1787년 뉴햄프셔주에서 태어났다. 그녀의 아버지는 하버드 대학을 나온 인텔리로 목사와 법원서기 등의 경력을 거치나 병약하여 일찍 죽었다. 어머니 신시아 던바의 억센 생활력과 생존력, 그리고 강단 있는 삶의 방식은 외가 혈통의 특징이라 하겠다. 이는 소로에게도 크게 영향을 미쳤다. 그녀는 1812년 존 소로와 결혼하여 헬렌(1812), 존(1815), 헨리(1817), 소피아(1819) 등 두 딸과 두 아들을 낳는다.

20 소로 시대의 고전학이란 라틴어, 그리스어 실력을 기반으로 그리스와 로

마, 중세 유럽 등의 주요 고전들을 읽고 이해하는 일이었다. 소로는 특히 기하학에 뛰어난 재능을 드러냈고, 이는 훗날 그가 토지 측량사로서의 삶을 영위하는 데 기초가 된다.

21 졸업 기념 학회 전체 주제는 "현대의 상업주의 정신: 한 나라의 정치적, 도덕적, 문학적 특성에 미치는 영향 고찰(The Commercial Spirit of Modern Times, Considered in Its Influence on the Political, Moral, and Literary Character of a Nation)"이었다.

22 소로는 구약의 창세기 2장 1절부터 4절까지의 내용과 정반대되는 주장을 펴고 있다.

23 솔로몬 왕의 저술로 알려진 구약의 잠언집에 의하면 "귀여운 아들에게 매를 들어야"(3장 12절) 하고, "자식이 미우면 매를 들지 않고, 자식이 귀여우면 채찍을 찾아야"(12장 12절) 한다. 당시 학교운영 3인위원회의 한 명이었던 느헤미야 볼(Nehemiah Ball) 집사는 소로가 체벌을 전혀 하지 않는다는 사실을 관찰하고는, 그를 복도로 불러내어 수업 분위기를 흐리는 학생들을 매질하는 것이 선생의 의무라고 꾸짖었다. 그날 오후 소로는 6명의 학생들에게 체벌을 가하고는 사직서를 제출한다. 이 사건 이후 그는 자신의 이름 순서를 바꾸어 '헨리 데이비드 소로'라고 서명하기 시작한다.

24 길버트 화이트는 영국 햄프셔주 셀본에서 활동한 선구적인 자연사 연구자이자 조류학자이다. 요즘은 영국 최초의 생태론자로 추앙되며, 대표 저서로 『셀본의 박물학과 고대유물들(The Natural History and Antiquities of Selborne,1789)』이 있다.

25 「공감」은 실제로 소로가 매력을 느꼈던 11세 소년 에드먼드 시월(Edmund Sewall)에 대한 시라는 것이 일반적인 견해이다. 형 존과 소로가 함께 관심을 가졌던 여성은 에드먼드의 6살 손위 누나 엘렌 시월(Ellen Sewall)이다. 존은

1840년 여름에 그녀에게 청혼했으나 거절당한다. 소로도 그해 가을에 청혼한 것으로 추정되며, 엘렌 집안의 반대로 성사되지는 않았다.

26 1841년에 쓰인 이 시는 플리머스 출신 아가씨 메리 러셀(Mary Russell)이 그 대상이다. 그녀는 이 책의 저자 에드워드의 가정교사로 에머슨 집안에 머물고 있었다. 소로가 일종의 연애 감정을 느낀 여성은 메리가 마지막이며, 그녀는 수년 후 소로의 하버드 동문인 마스턴 왓슨(Marston Watson)과 결혼한다.

27 1839년 봄부터 두 형제는 콩코드강을 따라 내려가 메리맥강을 거슬러 올라가는 강상여행을 계획했다. 그해 8월 31일 그들은 보트를 출발시켜 13일 동안의 보트 여행과 화이트 산맥 등반여행을 함께 한다. 이때의 경험은 소로의 처녀작 『콩코드강과 메리맥강 위에서의 일주일』의 근간이 된다.

28 1842년 1월 1일 존 소로는 면도하는 도중 실수로 면도칼에 왼손 약지를 살짝 베인다. 이 상처로 인해 그는 파상풍에 감염되어 극심한 통증과 환각 상태에 시달리다 11일 만에 사망한다. 소로는 형을 지성으로 간호하였으나 존은 깊은 밤중에 그의 품속에서 죽어간다.

29 1842년 2월 24일 에머슨의 첫째 아들 월도 에머슨이 성홍열에 걸려 다섯 살의 어린 나이에 사망했다. 그를 아주 좋아했던 소로에게는 그 사건이 에머슨 가족들에게만큼이나 큰 충격이었다.

30 구약의 시편 23장 4절 참조.

31 자연 연구자와 문필가로서 자신의 주어진 천재성을 성취해가는 일이 워낙 고되고 중요한 일이라, 그 일을 면제시켜준다면 오히려 인간적 상실의 고통은 축복이라 할 만하다는 반어법.

32 보스턴을 중심으로 하는 뉴잉글랜드 남부 지역을 일컫는 명칭이다. 콩코드는 보스턴으로부터 북서쪽으로 약 32킬로미터 떨어진 곳에 위치한 작은 도시이다. 미국 역사상 최초로 개척된 내륙 정착지 중 하나이며, 1775년 4월 미국

독립전쟁의 첫 전투가 벌어진 곳이라 '국가의 탄생지'로 간주된다. 소로가 생존했던 1850년대의 콩코드 인구는 2,200명이 약간 넘었으며, 현재 인구는 약 17,700여 명이다.

33 초절주의는 1830년대를 전후해 미국 동부 지역에서 발전한 종교 · 철학적 움직임으로서 캘비니즘의 예정조화설과 삼위일체론을 부정하고, 개인과 자연의 내적 순수성을 강조했다. 이에 따르면 사회와 그 제도들은 필연적으로 개인과 자연의 순수성을 더럽히게 된다. 그러므로 모든 제도의 구속으로부터 벗어난 자립적인 존재가 진정한 자아이며, 이런 진정한 자아로서의 개인들에 의해서만 바람직한 공동체가 구성될 수 있다. 초절주의의 움직임은 랠프 월도 에머슨, 조지 푸트남(유니테리언교 목사), 프레드릭 헨리 헷지 등이 1836년에 소위 '초절주의 클럽'을 결성함으로써 더욱 조직적인 형태를 띠게 되는데, 이들은 힌두교 사상, 독일의 관념론, 영국 낭만주의 문학 운동 등에 크게 영향을 받았다. 이들은 주로 에머슨의 집에서 회합을 가졌는데, 소로는 1837년 이후부터 자주 참석했다.

3장

의미 있는 인간으로 살기 위해

연필기술자 소로

▲▲▲

    형이 죽은 후 몇 년 동안 소로는 집안의 연필공장에서(지금은 그 자리에 콩코드 도서관이 서 있다) 아버지와 함께 일했으며, 저술 활동을 계속했고, 여가 시간에는 숲과 강으로 발길을 돌렸다. 그는 그 시대 그 지역의 새로운 사상을 대표하는 잡지였던 『다이얼(Dial)』 지에[34] 글을 기고했다. 비록 고료는 한 푼도 받지 못했지만 너그럽게 잡지의 편집을 도왔다. 정원 관리 기술을 동원해 그가 아니었으면 속수무책이었을 친구 에머슨의 짐을 덜어주고, 집안일 일체를 돕기도 했다. 또한 에머슨의 형 윌리엄 에머슨의 아들을 가르치는 가정교사 역할을 하기 위해 잠시 스테이튼 아일랜드(Staten Island)에[35] 가 있기도 했다.* 뉴욕을 방문하는 이 시기에 그는 호러스 그

릴리(Horace Greeley, 1811-1872)를[36] 만났다. 그는 소로의 글을 높이 평가했으며, 여러 잡지에 발표하고 고료를 받을 수 있도록 항상 호의와 도움을 베풀었다.

기술자 소로의 면모는 이미 많이 알려져 있다. 그는 흑연연필을 만드는 가업을 도왔고, 그때까지 미국에서 생산된 연필 중 가장 나은 품질의 연필을 만드는 데 결정적인 역할을 했으며, 그것으로 기술 박람회에서 상을 받기도 했다. 그리고 이런 성공을 이룬 직후 집안과 자신의 훌륭한 생계를 약속해주는 이 사업을 곧바로 그만두었다. 이런 이상한 행보를 두고 소수의 사람만이 올바른 일이라고 생각했지 대부분의 사람들은 그의 게으름을 탓했다.

이웃들이 그를 비난하는 주된 이유는 바로 이것이다. 실용적이고 건실한 생각을 가진, 그리고 야생의 자연에 대한 사랑이 존슨 박사 수준에 지나지 않는 많은 시민들은 소로가 자신이나 집안을 위해 많은 이익을 가져다줄 사업을 숲 속에서 나태하게 지내느라 등한시했다고 보았고, 그것은 결코 용서할 수 없는 일이라고 주장했다.

나는 소로 집안과의 특별한 인연으로 인해, 그가 죽고 난 뒤 그의 여동생이 이어가고 있던 그 집의 흑연 사업에 대해 무언가를 알게 되었고, 좀 더 면밀하게 조사한 결과 놀라운 사실을 발견했다.

그 이야기를 간략하게 할까 한다.

아버지 존 소로는 1823년 콩코드로 돌아와서 연필 사업에 착수했다. 처음에는 당시 미국에서 생산되던 수준의 저질 연필을 만들었다. 그것은 심이 너무 추졌고, 껄껄했으며, 쉽게 부러졌고, 잘 써지지도 않았다. 그는 품질을 개선하려 노력했고 결국 성공하게 된다. 소로가 우수한 독일 연필의 경우 흑연과 혼합되는 것이 무엇인지를 에든버러에서 발행된 대학 도서관 소장 백과사전에서 알아낸 것이다. 비법은 곱게 간 바바리아[37] 점토였다. 독일 연필은 약간의 경랍과 정향나무 진액을 섞은 아교풀을 함께 사용했다. 소로 집안은 국가 전매품이라 왕관 도장이 찍힌 그 점토를 입수했고, 그것을 흑연과 함께 구웠다. 그리하여 미국에 있는 어떤 연필보다 더 단단하고 검은 연필을 얻게 되었다. 그러나 아직은 너무 껄껄한 연필이었다.

뒤이어 그들은 아주 단순하지만 즉각적으로 자신들의 흑연이 미국에서 생산된 것 중 가장 고운 제품의 자리에 오르게 만든 방법을 발명했다. 그것은 흑연 분쇄기 주위를 둘러싸고 있던 교반기 모양의 좁은 홈통을 약 7피트 정도 높이기만 하면 되는 아주 단순한 일이었다. 그 끝은 일종의 선반처럼 설치된, 넓고 납작하며 밀폐된 상자로 연결되었다. 위로 부는 바람에 의해 그 높이까지 날아오를 수 있을 정도로 곱게 갈린 흑연가루만 상자 속에 저장되어 사용되었고, 나머지는 다시 분쇄기로 돌아갔다.

　나는 소로 집안과 처음부터 함께 일했고, 또 이 장치를 보여주기도 한 기술자와 대담한 적이 있다. 그는 연필사업을 발전시키는 데 열성적으로 도움을 준 인물이었고, 막판에는 소로 어머니로부터 공장을 사서 수년 동안 운영한 사람이기도 하다. 그리고 이 문제에 대해 내막을 아는 다른 사람들과도 이야기를 나누었다. 소로가 이 작은 사업을 단기간에 일류로 만들기 위해 몸과 마음을 다했다는 것은 분명하다. 아버지가 혼자서 모든 계획을 생각해냈건 혹은 소로와 함께 의논했건 그것을 실현시킨 것은 소로의 기술자로서의 재능이었다. 또한 소로는 그들의 마지막이자 최상의 연필을 만들어내는 기계도 고안했다고 전해진다. 이 기계로 온전한 나무 한가운데 둥근 구멍을 뚫고, 차축통에 차축을 끼우듯이 그 속에 흑연심을 맞춰 넣었다. 당시 통상적인 방법은 쪼개진 연필나무에 흑연을 채운 뒤 풀로 붙이는 것이었다.•

　1849년, 영국 여성이 운영한, 보스턴의 일류 학교에 다니던 한 친구가 내게 말해준 바에 의하면, 당시 미술 선생님이 학생들에게 "문구점에서 소로 연필을 주문하렴. 그게 최고야."라고 말하곤 했다 한다. 그때 학생들은 연필 한 개에 25센트를 지불해야 했다. 헨리 소로는 최상의 연필을 만들고 난 뒤, 제작 비용이 너무 많이 들어 독일의 파베르 연필과 경쟁하는 것은 불가능하다고 말했다. 내가 듣기로 파베르 연필의 가격은 십이 다스에 6달러였다.*

그러나 이 흑연 이야기에는 잘 알려지지 않은 숨은 일화가 있다. 1848년과 1849년 무렵에 전동 타이프라이터 기술이 보스톤에서 발명되었다. 그것은 대단히 비밀스런 과정이었는데, 그 일에 종사하는 사람이 소로의 흑연이 최고라는 사실을 알고 아버지 존 소로로부터 대량의 흑연을 구매했다. 아버지 존 소로는 자신의 사업 비밀을 주의 깊게 감추었고, 구매자는 무슨 용도인지를 숨겼다. 그리하여 아버지 존 소로는 사업을 확장했고, 흑연가루를 비싼 가격에 판매했다. 나중에는 점차 떨어져 2달러 수준이었지만, 처음에는 파운드당 10달러를 받았다. 어떤 해에는 500파운드를 팔기도 했다. 시간이 흐른 뒤 소로 집안은 그들의 흑연이 어디에 쓰이는지를 알게 되었고, 관련된 여러 회사들에 흑연가루를 판매했다. 아버지와 소로가 죽고 난 한참 뒤까지도 그러다가 소로 어머니가 사업을 넘겼다.

그러니까 소로가 최상의 연필을 만드는 데 성공하고 난 뒤, 더 이상 제품을 개선하기 어렵고, 자신의 여생을 연필에 쏟기에는 너무 아깝다고 말하며 태연히 가업 돕기를 포기하는 시점에는, 집안의 주요 사업이 전동타자기업자들에게 흑연가루를 판매하는 일이었던 것이다. 실제로 1852년 이후에는 연필이 거의 제작되지 않았고, 설령 제작되었어도 더 이윤이 많은 사업을 감추기 위해서였다. 비밀이 탄로나면 망하기 십상이었기 때문이다.

아버지가 점차 쇠약해지자 소로는 어느 정도 집안 사업을 돌볼 수밖에 없었고, 아버지가 죽고 난 뒤에도 다소 도움을 주었다. 주로 여동생 소피아 양이 주문장과 회계장부를 관리했고, 보스턴과 뉴욕의 고객들에게 흑연을 배정하고 발송했다. (목적지가 드러나지 않도록 하기 위해 빻은 흑연가루는 포장하지 않은 채 집으로 옮겼다.) 그러나 소로도 공장을 관리하고, 흑연을 날라야 했으며, 상자에 담고 포장하는 힘든 일은 도와야만 했다.

그의 지병이 치명적인 상태가 될 때까지 그랬다는 사실을 그의 두 친구들이 확인해주었다. 작업은 주로 L자 주택의 이층에서 이루어졌다. 그러나 너무나 잘 갈린 가루인지라 손으로 잡을 수 없는 먼지들이 온 집안을 뒤덮었다. 한 친구는 소피아 양의 피아노를 열었더니 건반들이 온통 흑연가루로 뒤덮여 있었다고 말했다. 흑연가루 흡입과 부실한 음식이 소로의 생명을 단축했다. 집안일과 이 성가신 가루를 더 가까이 했었다면 아마도 그는 집안의 유전병에 훨씬 더 일찍 굴복했을 것이다. 그가 가업에서 맡을 수밖에 없었던 역할은 그의 야외활동이 지연시켜왔던 폐결핵에 그를 분명 더 취약하게 만들었다.

이 결코 성공했다고 할 수 없는 양반은 그렇게 가업에 종사했고, 자신의 독서와 사고, 기술로 그것을 발전시켜 경쟁자들보다 훨씬 앞서게 만들었으며, 천상의 도시 일을 더 중요시해서 더 이상 자신의 생애를 투여하고 싶지 않았음에도 불구하고, 가족을 위해 그들에게 훌륭한 생계를 꾸리게 해준 사업을 돌볼 시간을 묵묵히 찾아냈고, 건강이 허락하는 한 자신의 손으로 열심히 일했던 것이다.

그러나 그는 길 가는 이웃의 소매를 붙잡고 이렇게 해명할 사람은 결코 아니었다.

"여보시오, 당신이 잘못 알고 있어요. 나는 게으르지 않답니다."

그 자신을 위한 스파르타식의 평범한 음식, 튼튼한 의복, 망원경, 약간의 서적들, 그리고 가장 값싼 방식으로 간혹 다닌 여행 등, 소로는 이 모든 것을 위한 비용을 여러 가지 다양한 방법으로 마련하였다. 그는 당시 뉴잉글랜드에서 "수완(Faculty)"이라고 불렀던 재주를 지니고 있었다. 그는 훌륭한 정원사였고, 기술자였으며, 응급사태 해결사였다. 그는 집안일이나 남을 위한 일이나 온갖 종류의 잡일과 수선일을 할 수 있었다. 콩코드 읍내에 그가 세운 한두 개의 울타리는 최근까지 남아 있었고, 친구 에머슨을 위해 월든 호숫가의 황량한 풀밭에 소나무를 심어주기도 했다.

그는 특별히 멜론 키우기를 좋아했다. 나는 한때 어른, 아이 할 것 없이 여러 사람들과 그의 어머니 집에서 열린 멜론 파티에 참석했다. 파티에는 그가 재배한 멋지고 향기로운 분홍 연어살빛 과일이 차려져 있었는데, 우리 손길은 거기로만 향했다. 멜론을 키운 원예가 자신도 손님들을 즐겁게 해주기 위해 친히 참석했다.

그는 잡지들에 글을 기고하여 약간의 고료를 받기도 했고, 저서도 집필했다. 그 책은 이제는 고전이 되었지만 그의 시대에는 거의 팔리지 않았다.

측량기사 소로

▲▲▲

　그의 주된 직업은 무엇보다도 토지측량기사이다.[38] 기술자로서의 그가 그랬듯이 이 일에 있어서도 그는 가능한 한 최선의 수준으로 주어진 일을 수행했다. 나는 그가 자신의 손으로 직접 만들거나 개선한 황동 기구들을 보여준 일을 기억한다. 그의 조수 역할을 했던 사람들은 그가 극도로 꼼꼼했고, 이 지역의 다른 어떤 측량기사보다 더 많은 측량푯대들을 사용했으며, 종종 기왕의 잘못 놓인 경계들을 수정했다고 말했다.

　소로는 친구 에머슨을 서재로부터 불러내 왜 이웃의 땅을 훔치려 하느냐고 재미나하며 묻기도 했다. 그는 에머슨의 울타리와 도랑이 남의 땅 한참 안에 위치한 것을 보여주었다. 그 땅은 사람 좋은 이웃 샘 스테이플즈가 막 구입해서 등기한 땅이었다. 그 이웃은 "괜찮아요, 도랑으로 경계선을 삼읍시다."라고 말했고, 땅값도 받으려 하지 않았다.

소로를 뒤이어 우리 땅을 측량한 기사는 다음과 같은 사실을 알려주었다. 자신이 소로의 경계선을 되짚어보는 순간, 소로 시절 이후 약 몇 도 정도 바뀐 콤파스의 오차만 수정해 넣으면 그의 도면이 세밀한 구석까지 정확하다는 것을 확신했다는 것이다. 단 한군데 외에는 실수를 발견할 수 없었고, 그 실수도 각도나 방향 측정에서가 아니라, 거리에서 한 측쇄[39] 달랐을 뿐이라고 했다. 그것은 아마도 조수 탓에 생긴 오차일 것이다. 소로는 200년 전 조지 허버트(George Herbert, 1593-1633)의[40] 기도가 간구했던 그 정신으로 일했다.

가르쳐주소서, 나의 하느님, 나의 왕이시여.
만물 속에서 당신을 뵐 수 있도록,
이 종복이 무슨 일을 하든
당신을 위해 할 수 있도록.

짐승처럼 난폭하게

행동에 들지 않고,

조용히 당신이 보시기에 흡족케 하여

일마다 당신의 완벽함이 스며들도록.

소로는 다음처럼 쓰고 있다.

"나는 바보처럼 윗가지 위 회벽 바른 곳에 못을 박지는 않을 것이다. 그런 짓을 하고는 며칠 밤을 잠 못 이루게 된다. 내가 망치를 들고 벽을 만져보게 해달라. 못을 제대로 박아, 단단히 맞물리게 하라. 그리하여 한밤중에 일어나 못질 한번 제대로 했다고 흐뭇해하라. 뮤즈가 와도 부끄럽지 않게 일했다고. 그래야만, 오직 그래야만 하느님을 도울 수 있다. 박은 못 하나하나가 우주라는 기계의 대못이 된다. 당신이 그 일을 주관하고 있다."(『월든』, 18장. 「결론」)

그에게는 사소한 일도 큰 의미를 지녔던 것이다.

소로는 측량기사로서의 일을 좋아했다. 그 일이 야생의 땅 깊숙이, 『태양의 동쪽, 달의 서쪽(East of the sun, West of the Moon)』으로[41] 이끌수록 더 좋아했다. 그러나 그는 자신의 일을 넓은 맥락에서 사유했고, 표면만이 아니라 더 깊이 들여다보았다. 읍내사람 또는 이웃사람들과 마을이나 습지, 임야 등의 경계를 둘러보며, 그는 어디에서나 경계선을 찾아내, 안표 붙인 큰떡갈나무나 말뚝, 바위들보다 더 분명하게 표시했다. 그 선은 진정 가상의 것이었으나 사람들의 삶에 바위보다도 더 통과하기 어려운 경계를 지었다.

단순하고 간소하게, 소로가 꿈꾼 삶

▲▲▲

그는 많은 사람들이 삶의 수인이 되었다고 보았다. 그의 지평선에는 그 옥사의 벽이 이미 높아가고 있었고, 그가 희망하는 아름다운 자유의 삶을 내쫓고, 그 맞물린 벽들이 결국 축복받은 천국도 폐색할 것이었다. 이 벽들의 기초가 정의와 천부의 자연권, 인간의 책임감이며, 첫 번째 층이 경험과 선의, 존경심의 벽돌이라 해도, 그 위층들이 피상적 유행과 보수주의, 몽매한 대중들의 의견, 파당적 정치, 부정직한 사업, 부도덕한 법률이며, 그 아치와 아치의 이맞돌이 여전히 19세기 초엽의 기독교 조합교회들이 유명무실하게 받아들인 독단들에 지나지 않는다면 무슨 소용이 있겠는가? 그 누가 태초의 장인이 구름 및 무지개를 그려 넣고, 밤으로는 천체와 별들로 장식하는 천상의 푸르른 창공을, 설령 미켈란젤로가 그렸다 해도, 최후의 심판이 그려진 궁륭 천정과 맞바꾸겠는가?

우리 어린 시절 천상은 우리 주위에 놓여 있다.[42]

이렇게 시인은 노래했다. 소로는 주로 그러한 천상의 모습을 잃지 않기 위해, 또한 가사의 소음과 마을의 웅성거림에 천계의 음악이 잠겨버리지 않도록 하기 위해 잠시 동안 숲으로 갔던 것이다.

평생 동안의 지기로서 워스터(Worcestor)에 살았던 해리슨 블레이크(Harrison G. O. Blake, 1816-1898)[43] 씨는 다음처럼 적확하게 말했다.

"소로는 최상의 제도들이나 가정, 학교, 공공기관은 세상 사람들이 알찬 삶을 살도록 도와야 한다고 생각했다. 그래서 그는 자신을 어떤 직업이나 사업에 내맡기고, 그리하여 사회적 지위를 얻거나 거기에 근거해 활동하려 하지 않았다. 그랬으면 그도 사람들이 다 같이 생활이라 부르는 표피적인 삶을 얻었을 것이다. 도시와 주, 국가가 더 잘 통치되도록 만들어 다음 세대들이 이상적 삶에 가까워지는 것을 보려고 노력하는 대신, 소로는 바로 그 이상적 삶을 자신이 즉시 살아가려 계획했다."

이 대의명분 쪽으로 "그는 일찌감치 분명하고 단호하게 돌아섰던 것이다."•

고상한 목표를 지닌 사람의 정신이 그의 진정한 재능 또는 잠재적 재능을 드러낼 때, 세속의 이웃들은 그에게 마구를 채워서는 안 된다. 그것은 그들의 조야하고 실험적인 개혁을 이끌어달라고 말 한 쌍을 더하는 꼴에 지나지 않는다. 또한 그에게 엄격히 이 마을의 관습이나 저 도시의 유행을 따르라고 강요해서도 아니 된다. 우리 모두는 그 조용한 광휘가 대중의 행동으로부터 멀리 떨어진 채 빛나서, 우리의 삶을 더욱 잘 비춰주고 안내해 준 많은 사람들을 알고 있다.

이곳에서 시골의사 노릇을 하며, 우리 인간들의 습관에 대한 지식을 한때 조금 얻게 된 사람으로서, 나는 다음과 같은 사실을 발견했다고 말하고 싶다.

갖가지 질병과 낙담, 그리고 황폐함의 근원은, 자신의 나날들이 어떻게 지나가는지 멀리 떨어져 조망할 여유도 없이, 모두가 그러하듯이 순간순간 살아가고, 그리하여 하루가, 일 년이, 한 평생이 오로지 살기 위한 준비 속에 지나가버린다는 사실이다. 제대로 살게 되는 시간은, 적어도 지상에서는 결코 오지 않게 된다. 소로는 이런 삶을 살 수 없었다. 그는 지상을 조망하고 방향과 거리를 재는, 또 다른 의미의 측량기사였기 때문이다. 월든에서의 그의 삶은 수단과 목적이 적정의 관계에 있게 하기 위한 실험이었다. 그는 먹기 위해 사는 사람이 아니었다.

혼자서 멀리 숲 속으로 산책하는 일이 어떤 의미를 지녔는지에 대해 그는 자신의 일기에 다음처럼 쓰고 있다.

"나는 식사하려고 거기에 가는 것이 아니다. 식사는 내 몸을 유지해줄 뿐이다. 식사의 힘으로 향유할 수 있게 되는 그 자양분을 얻기 위해 나는 거기에 간다. 그것이 없으면 식사는 헛된 반복일 뿐이다."

그는 덧붙였다.

"우리는 낮은 키 떡갈나무의 암호를 먹고 산다."(소로의 1857년 1월 11일 일기)

소로는 자신의 글에서 계속해서 쓰고 있다.

"대부분의 사람들이 그러하듯이, 만약 내가 나의 오전과 오후를 모두 사회에 팔아야만 한다면, 내게 살아갈 만한 가치를 느끼게 할 어떤 것도 남지 않게 되리라 확신한다. 나는 그렇게 한 사발 죽을 위해 생득권을 팔지는[44] 않을 것이다. 누구든 아주 근면해야 하며, 그러면서도 시간을 낭비하지 말아야 한다고 제안하고 싶다. 생계를 벌기 위해 자기 삶의 더 큰 부분을 소비하는 사람만큼 치명적인 실패자는 없다. 위대한 과업은 자기를 부양하는 일이다. 예컨대 시인은, 증기기관 대패가 깎아낸 대팻밥으로 보일러를 끓이듯이 시로써 자신을 부양해야 한다. 당신은 사랑으로 생계를 벌어야 한다."(소로의 글 「원칙 없는 삶」의 한 대목)

소로가 월든 생활을 시도하기 몇 년 전, 에머슨 씨는 자신의 일기에서 다음처럼 언급했다.

"지난 밤 소로가 멋진 말을 했다. '누구든 자기 자신의 길을 지키면, 모든 것이 자신의 길에 들게 된다. 정부도 사회도, 심지어 천문학이 증명해주듯이 해와 달, 별들조차 그러하다.'"(에머슨의 1842년 10월분 일기)

소로가 의심과 관습을 걷어치웠더니 매사가 모두 잘 이루어진 것이다.

소로가 손수 짓고 살았던, 월든 호숫가의 오두막집

그가 월든으로 간 이유

▲▲▲

많은 것이 변해버린 오늘날, 우리의 아름다운 호반이 산불과 해충, 무례하고 난폭한 방문객들에 의해 망가진 지금, 하얀 모래와 호수 모롱이의 모래보다 더 하얀 바위가 코우크스 재로 더럽혀진 이제, 맑은 호숫물조차도 줄어든 오늘날, 70년 전 소로가 보았던 광경을 돌아보면 감회가 새롭다.

"내가 처음 월든 호수 위로 보트를 저어갔을 때, 호수는 크고 울창한 소나무와 떡갈나무 숲으로 완전히 둘러싸여 있었다. 호반의 후미진 곳에는 포도넝쿨이 물가에 인접한 나무들을 뒤덮어, 그 아래로 보트가 지나갈 수 있는 정자를 만들었다. 호반을 형성하는 언덕들은 너무나 높고, 그 위의 나무들은 너무나 키가 커서, 호수의 서쪽 끝에서 내려다보면 숲 속의 장관을 연출하기 위한 일종의 원형극장 같았다."(『월든』, 9장. 「연못들」)

소로가 월든 숲에서 거주한 일은, 그의 이웃들이 그리 보았듯이, 자신 또한 그리 말했듯이, 그리고 멀리 소문으로도 퍼졌듯이, 그의 강력하고 독창적인 삶 어느 부분보다 더 강력하고 분명한 인상을 남겼다. 그는 무엇보다 삶과 말로써 사회로부터의 결별을 설교하는 은자로 간주된다. 이 견해가 너무나 널리 퍼져 있어, 몇 마디 더 해야 할 필요가 있을 듯하다. 무엇보다 우선, 월든의 오두막에서 그가 산 기간은 1845년 7월 4일부터 1847년 9월 6일까지, 그의 생애 44년 중 단 2년 2개월에 지나지 않는다는 사실을 기억해야 하겠다. 그 기간은 행복하고 유익한 시절이었다. 그때의 가르침이 그의 미래 전체를 도왔다. 그는 니네베에서 외치는 예언자 요나처럼[45] 월든으로 간 것이 아니었다. 단지 자신의 목표를 위해, 자신이 일 하기에 유리한 조건을 찾기 위해, 법률가나 은행가, 또는 누구든 맡은 바 일이 집중을 요하는 사람들이 집을 떠나는 것과 똑같이 월든으로 간 것이다. 소로는 거기에서 자신의 첫 번째 책이자 최상의 저서일 수도 있는 『콩코드강과 메리맥강 위에서의 일주일』의 출간을 준비했다. 그는 거기서 자신의 정신적, 지적, 사회적, 경제적 실험을 시도했고, 그 내용을 기록했다. 그리고 그와 함께 매사추세츠에서 가장 아름다운 호수 중 하나인 월든 호수의 흥미로운 경관과 역사를 기록한 것이다. 그러는 중에도 자신의 생계를 이어갈 얼마 안 되는 돈을 벌기도 했다.

니네베의 예언가와 달리 소로는 엄밀한 의미에서 자신의 일에 마음을 쏟기 위해 숲으로 들어갔다. 그리하여 거기서 자유와 희열을 찾았고, 소박하고 무해한 삶이, 꽃과 별들과 어린 시절 별들 뒤에서 찾고자 했던 하느님에 더 가까운 삶이 가져다주는 축복받은 감화력을 얻었다. 설령 그것이 잘 쪼은 황금맷돌이라 해도, 일상적인 도회 생활이 우리 목에 채우기 십상인 그 연자맷돌로부터[46] 완전히 해방된 삶이었다.

그리고 그는 마을로 내려와, 착한 사람들이 다음과 같은 중대 사안들에 직면해 있음을 보았다. 그것은 당시 그에게도 중요해보였고, 지금 우리에게도 중요한 것처럼 보이는 사안들이다. 이 나라가 노예제도를 유지하는 것이 의로운가. 남자들이 여성 재산권을 인정하지 않는 일이 정당한가. 사람들이 자주 술 취하는 것이 옳은 일인가. 한 시민이 노예 사냥꾼이 되라 강요하는 법을 어기는 것은 잘한 일인가. 교인은 아니지만 착하고 죄 없는 사람이 죽어갈 때, 지상에서의 그의 원수가 아니라 창조주의 무서운 분노를 벗어날 수 있는, 수천 년 동안 부여되어 온 기회를 줄 것인가 말 것인가.

아니면 아마도 소로는 일류 철학가들이 다음의 문제들을 토론하며 시간을 낭비하는 것을 보았을 것이다. 밀처럼 위로 자라는 식물을 먹는 것보다 땅 밑의 검붉은 당근이나 낮게 자라는 순무를 먹는 것이 원기 보강에 더 좋은가. "발효 시킨 빵"을[47] 먹어도 영혼이 더러워지지 않는 것인가. 또한 소로는 사람들이 그들의 귀한 휴일을 술집에서 낭비하고, 그을린 탄약 꽂을대 나뒹구는 오래된 징병장에서, 뉴잉글랜드산 럼주 냄새 풍기며 쌍소리 하는 무절제한 모습을 보았다. 해야 할 농장일을 억지로 마친 사람들이 형사법정에서 흘러나온 음탕하고 저속한 이야기들로 소일하는 것을 보았다. 한때 뉴잉글랜드 최고의 대표로서 주장했던 모든 것을 이제 와서 의도적으로 저버린 웹스터(Daniel Webster, 1782-1852)에게[48] 맹목적으로 환호하는 사람들을 보았다. 의심할 바 없이, 그때 소로는 자신의 목이 그러한 멍에로부터 자유롭고, 자신의 눈이 월든 호수의 물로 더욱 맑아져서 기뻤을 것이다. 그리고 획득한 지혜는 나누어야 한다고 그의 관대한 본능이 항상 명령했기에, 그는

그들 자신의 거처에 갇힌 사람들에게,
자기 거처의 축복을 노래했다.[49]

겨울 밤 콩코드 마을의 난롯가에서는 사람들이 소로의 바보스런 변덕에 대해 수군대며 안타까워하기도 했지만, 그의 오두막 위 소나무 가지 사이로 웅장하게 연주하며 지나가는 바람소리는 검박한 저녁상을 마주한 그가 마치 바다의 왕인 양 다음처럼 노래했다.

노를 사랑한 그의 손길
이제 물결치는 황금 하프를 가다듬고, 그는 대지의 형성을 노래했다,
별들이 어떻게 빛나며, 바람이 어디서 오는지를,
첫 여름의 광휘가 아무도 밟지 않은 풀밭 위로 어떻게 오는지를.
지붕 위로 천둥 치는 소리 들린들 어떠랴,
그들 노래할 이야깃거리 많고, 꽃 피는 시의 정원 가졌으니,
만물의 틀을 짓는 이야기와 시간이
바깥 하늘로부터 들어오는 이야기를,
그 하늘 너무도 가까워 그들 그 입구 알았다.[50]

소로 자신의 고상한 친구들에 대한 이야기를 들어보자.

"긴 겨울 밤, 숲 속에 눈발이 쏟아지고 바람이 울부짖을 때, 나는 종종 오래전의 정착자이자 원래의 소유자로부터 방문을 받는다. 그는 월든 호수를 파고, 돌로 경계를 쌓았으며, 소나무 숲으로 장식

오두막 안의 전경. 꼭 필요한 가구들로만 간소하게 꾸려져 있다.

했다고 전해진다. 그는 내게 옛 시절과 새로운 영원에 대해 알려준다. 우리 둘은 사과 한 쪽, 과즙 한 잔 없이도 사교의 즐거움과 만물에 대한 견해를 나누며 즐거운 저녁 시간을 보낸다. 대단히 현명하고 유쾌한 사람이라, 나는 그를 아주 좋아한다. 그는 자신의 삶을 고프나 훼일리보다* 더 베일 속에 감추고 있어 죽은 걸로 알려졌으나, 그 무덤을 아는 이는 어디에도 없다. 나이 든 부인도 한 명 내 이웃에 살고 있다. 대부분의 사람들 눈에 띄지 않는 존재이다. 나는 종종 그녀의 향기로운 허브 정원으로 산책하기를 즐기며, 약초를 뜯고, 그녀의 이야기를 듣는다. 그녀는 식물 재배에 있어 타의 추종을 불허하는 재능을 지녔고, 그녀의 기억은 신화보다도 더 먼 옛날로 거슬러 올라간다. 그녀의 어린 시절 일어난 사건들과 관련해 그녀는 내게 온갖 이야기의 원본을 들려 줄 수 있고, 어떤 사실에 근거하고 있는지도 알려 줄 수 있다. 사시사철 어떤 날씨도 마다하지 않고 일하는, 혈색 좋고 원기왕성한 노부인이라 그녀의 자식들보다 훨씬 더 오래 살 듯하다."(『월든』, 5장. 「고독」)

그는 또한 쓰고 있다.

"끊이지 않는 행운에 나는 소리 없이 미소지었다."(『월든』, 4장, 「소리들」)

소로가 숲 속에 오두막을 짓고 사회를 떠나서 살기 위해 많은 사람들에게 자문을 구했다고 생각하면 큰 오산이다. 그는 그렇지 않음을 분명히 밝히며, 소박하면서도 훌륭한 삶을 옹호한다. 그것은 음식 만들기나 비질하기, 먼지 떨기 같은 작은 일뿐만 아니라 교구나 도시, 주, 국가의 정치, 나아가 종교나 전문영역과 관련된 자선적이건 사교적이건 온갖 사회단체의 정치까지도 포함한 자질구레한 일에 함몰되지 않는 삶이다. 왜냐하면 이 모든 것은 크든 작든 결국 행정 규제로서 어떤 준비에 지나지 않기 때문이다. 그것은 삶을 가능케 하기 위해 고안된 것이지, 그 자체가 목적으로 추구될 바는 아니다.

소로가 술회하는 것처럼, 월든 호숫가에 살아도 관습의 길을 만들기 마련이다. 그는 자신의 삶이 그 길 속에 파묻힌다는 사실을 깨달았다. 그는 그것이 불완전한 삶임을 분명하게 깨닫고는, 그 고소한 알맹이는 취하고 껍질은 버린 것이다.

수년 후 그는 유쾌한 기분으로 그 문제를 다음처럼 거론한다.

"내가 왜 변했을까? 왜 숲을 떠났을까? 설명하기 쉽지 않다. 나는 종종 되돌아오고 싶었다. 나는 내가 왜 숲으로 가게 되었는지도 잘 알지 못한다. 당신들의 관심거리일 수는 있겠으나 내가 풀 일은 아닌 듯하다. 아마도 나는 변화를 원했을 것이다. 오후 2시경에 좀 침울했을까. 내가 더 오래 거기 살았더라면 아마 영원히 살게 되었을지도 모른다. 설령 천국일지라도 그런 기간으로 받아들이라면 두어 번 생각하게 될 것이다."(소로의 1852년 1월 22일 일기)

소로는 제반의 제도들을 높은 곳에서 조감하여, 그것의 잠정적이고 임시방편적인, 그리하여 한시적인 성격을 지목하며 자신의 일기에 다음처럼 쓰고 있다.

"개인과 사회에 대해 논의하자면, 어떻게 비교해도 적절치 않다. 산꼭대기를 향해 꾸준히 오르는 대신 산 아래 평원에서 빈둥거리는 것이라고나 할까. 물론 산꼭대기로 함께 오를 수 있는 사회를 만난다면 더없이 즐거울 것이다. '나와 함께 주님의 영광으로 나아갑시다'라는 찬송가 가사도 있지 않은가. 문제는 우리가 혼자 있기를 좋아하는 것이 아니라, 높이 솟아오르기를 좋아한다는 것이다. 우리가 높이 오르면 오를수록 동반자들은 점점 줄어, 결국 아무도 남지 않게 된다. 우리가 호민관 아니면 평민, 산상의 설교 혹은 자기만의 황홀한 비상을 선택해야 하는 기로에 서 있다는 것이다. 그러니 당신을 고양시키는 모든 사회를 활용하라."(소로의 1856년 5월 15일 일기)

옮긴이 주

34 초절주의 클럽이 1840년부터 1844년 사이 발간한 잡지 이름. '해시계'라는 이름이 암시하듯이 당시 새로운 사상적 움직임의 지표 역할을 담당했다.

35 스테이튼 아일랜드는 뉴욕주의 서남부에 있는 지명. 뉴욕 만과 아서킬 해협에 의해 내륙과 분리되어 있다.

36 호러스 그릴리는 미국의 유명한 언론인이자 사회개혁가, 정치가이며, 강경한 노예제 폐지론자였다. 당시 그는 뉴욕 트리뷴지의 사장이자 편집장이었으며, 앞의 "피의 캔자스"라는 표현을 유행시키기도 했다.

37 독일 동남부의 주 이름, 바이에른주. 말향고래의 뇌에서 나오는 경랍과 정향나무의 수액은 연필의 향기를 좋게 하기 위한 방향 첨가제이다.

38 소로가 토지측량기사가 된 사연은 다소 우연스러운데, 그는 콩코드사립학교에서 학생들에게 수학을 가르치다가 더욱 구체적이고 실용적으로 가르치기 위해 1840년 가을부터 토지측량을 교과 속에 포함시켰다. 요즘의 표현으로는 실험실습과 현장학습을 교과 속에 접목시킨 셈인데, 수평계와 측량삼각기를 들고 학생들과 함께 콩코드강 주변의 산야를 쏘다닌 그를 콩코드 주민들이 측량기사로 받아들인 것은 자연스런 일이다. 1845년 여름, 월든 오두막으로 이사한 뒤 농사일이 끝난 시기에 그는 잡다한 일로 생활비를 벌기도 했는데, 이 무렵에 토지측량을 다시 시작한다. 1850년 봄에는 자신의 측량기를 구입하고, 더욱 많은 사람들의 측량 요청을 받게 된다.

39 토지측량 전문용어로 66피트(약 20미터)에 해당한다.

40 조지 허버트는 영국 형이상학파 시인이다. 이 시는 그의 「엘릭서」라는 시로 만사를 하느님의 뜻에 따라 처리하는 것이 매사를 완벽하게 하는 "황금 만드는 액체"라고 노래한다.

41 『태양의 동쪽, 달의 서쪽』은 1910년에 영역된 노르웨이의 민담이다. 가난

한 농부의 딸이 마술에 걸려 흰곰으로 변한 왕자와 결혼하고, 결국 그 마술을 풀어주게 되는 이야기이다. '태양의 동쪽, 달의 서쪽'은 나쁜 계모의 마술에 걸려 흰곰으로 변한 왕자가 갇혀 사는 성의 이름이다.

42 영국 낭만주의 시인 윌리엄 워즈워스의 「어린 시절을 회상함으로써 영생 불멸을 깨닫는 시」의 한 행이다. 앞의 문맥과 관련해서 이 행 뒤를 잇는 다음의 시행도 음미해볼 만하다. "커가는 소년에게 / 감옥의 그림자가 드리우기 시작한다."

43 해리슨 블레이크는 소로의 하버드 대학 2년 선배로서 평생 동안의 지기가 된다. 신학을 전공한 블레이크는 한동안 목사생활을 하기도 하나, 매사추세츠의 고향마을 워스터에서 학생들을 가르치며 소로 사상의 신봉자로 살아간다. 그들은 50여 통이나 되는 장문의 편지를 주고받았고, 자주 함께 여행했으며, 소로가 죽고 난 후 블레이크는 그의 유고선집을 출판하기도 한다.

44 창세기, 25장 29절~34절 참조. 이 부분에서 이삭의 쌍둥이 아들 중 큰 아들 에사오가 작은 아들 야곱에게 한 사발의 붉은 콩죽을 얻어먹고 장자 상속권을 넘긴다.

45 야훼의 부름을 회피해 도망가던 요나는 바다에서 폭풍을 만나 고래에게 잡아먹힌다. 고래 뱃속에서 회개한 그는 야훼의 요청대로 니네베의 예언가가 된다. 구약의 요나서 참조.

46 예수는 사도들에게 사람들을 죄 짓게 하는 자는 목에 연자맷돌을 달고 깊은 바다에 빠져 죽는 편이 더 나을 것이라고 말한다. 마태복음, 18장 6절 참조.

47 이집트를 탈출한 이스라엘 백성들에게 야훼는 '누룩 넣지 않은' 빵과 과자로 제사음식을 준비하라 명령한다. 구약의 출애굽기 29장 2절 참조.

48 다니엘 웹스터는 명연설로 유명한 미국의 정치가이다. 매사추세츠주 상원의원으로서 미국의 연방제를 옹호하며 남북의 분리를 막기 위해 노력했다. 그

는 자신의 유명한 연설 중 하나로 남아 있는 1850년 '3월 7일의 연설'에서 남북의 이해관계를 절충하기 위한 미국 의회의 움직임이었던 '1850년의 절충안'을 지지했다. 이 타협안에는 연방경찰이 도망노예들을 체포하여 원래의 주인에게 돌려주어야 한다는 도망노예법령(Fugitive Slave Law)이 포함되어 있었기에, 웹스터는 미국의 개혁주의자들과 노예제 폐지론자들로부터 비난의 지탄을 받는다. 당시 뉴잉글랜드 지역에서 가장 영향력 있는 목사 중의 한 사람이었던 시어도어 파커 목사는(역주 94 참조) "이 나라의 양심을 그렇게 타락시킨 사람은 없었다."고 비난했다.

49 에머슨의 시 「나의 정원(My Garden)」의 한 구절.

50 19세기 영국의 시인이자 소설가, 화가, 공예가인 윌리엄 모리스(William Morris, 1834-1896)의 장시 『볼숭왕 시구드 이야기(The Story of Sigurd, the Volsung)』의 초반에 나오는 한 대목이다. 이 이야기는 북유럽 여러 지역에서 구전되던 설화인데, 모리스가 1876년 1만 행이 넘는 서사시로 번안했다. 독일의 서사시 『니벨룽겐 이야기』나 영국의 서사시 『베오울프』, 『아서왕 이야기』 등에도 그 흔적이 남아 있다. 볼숭왕은 북구신화의 주신 오딘(Odin)의 손자이고, 유럽 설화의 대표적인 영웅 지그문트(Sigmund)의 아버지이다.

4장

가면 없이 대상을 만난다는 것

우정의 미덕을 노래하다

▲▲▲

이제 소로가 딱딱하고 엄격하며, 이기적이고, 인간을 혐오했다는 세간의 믿음을 다루어보자. 진정 그는 감정을 잘 드러내는 사람은 아니었다. 그에 대해 친밀한 친구가 말했다.

"그와 팔짱을 끼느니 차라리 느릅나무 가지와 팔짱을 낄 것이랍니다."(에머슨의 1848년 8월분 일기)

그 자신도 말하기를 "내가 죽으면 내 가슴에 습지 떡갈나무가 새겨진 것을 볼 것."이라고 했다. 그러나 그의 떡갈나무 수피 아래에는 우정과 충직함이 단단한 조직 속에 층층이 쌓여 있었다. 그는 자신의 고귀한 우정관으로부터 결코 벗어나지 않을, 너무나 진지하고 진실한, '제단까지라도 함께 갈' 친구였다. 그가 자신의 일기에서 진술하는 바, 그의 진지하면서도 엄숙한 우정에 대한 신념을 들어보자.

"하느님에게 우리가 진실하듯이 우정은 우리를 아이들이나 시골사람 모두에게 진실하게 만든다. 우정은 어떤 경우에도 통하는 유일무이한 태도이며, 대지로 하여금 그 소출을 생산하게 만들고, 바람조차도 효과적으로 타이를 수 있다. 내가 만약 기둥에 부딪혀도 그것 자체가 보상이다. 나는 아침이든 저녁이든 성심성의껏 만날 것이다. 태양이 또 다른 하루를 가져다줄 때, 나는 조용히 혼잣말로 읊조린다. '항상 충실하자. 우리가 정의를 행하면, 정의로운 대접을 받을 것이다.' 이와 같은 이치가 우리를 대하는 자연의 매력이다. 엄격한 신실함과 자기 자신을 고려치 않는 자기희생 말이다. 그래서 자연은 결코 우리를 거스르지 않는다. 얼마나 신실하며 빛나감이 없는가. 가장 온화한 순간에도, 즉 그 십계명이 아주 달콤한 음악과 운율로 장식된 순간에도, 자연의 법칙은 가장 엄격한 순간만큼이나 확고하고 가차 없이 관철된다. 부주의한 말이나 행동, 표정으로 인한 애정의 과시는 시기상조다. 아직 때가 무르익지 않았기 때문이다. 겨울의 끝 무렵, 서리가 채 가시기 전에, 때 이른 봄날이 불러낸 새싹 같은 꼴이다."(소로의 1841년 2월 2일 일기)

소로는 우정에 대해 또 다음처럼 쓰고 있다.

"미덕 외에 갈망할 것은 없다. 지름길로 갈 수 있는 사람이 왜 에둘러 가겠는가? 박애주의자건, 정치가건, 가정주부건 책을 쓰며 다루고자 하는 온갖 문제들이 친구들 사이의 교제에 의해 아주 간단히 그리고 조용히 해결된다."(같은 날 일기)

부모님에 대한 소로의 조용하고, 충직하며, 책임감 있는 태도를 나 자신도 증언할 수 있지만, 다른 많은 이들의 증언도 제시할 수 있다. 부모님의 뜻에 동의하건 하지 않건, 얼마나 그는 공손하게 그들의 말에 귀 기울였으며, 그 자신의 조용한 방식으로 집안 사업과 가사를 유용하고 요령 있게 도왔던가. 아버지가 돌아가신 후 소로의 어머니가 말했다.

"이 일이 없었으면 헨리의 부드러운 면모를 결코 보지 못했을 것이랍니다."

그는 아버지를 지극정성으로 간호했던 것이다. 그가 월든으로 떠날 때 가족들은 그곳 삶이 담고 있는 위험과 어려움을 두려워하며 불안해했고 걱정스러워 하기도 했다. 그리고 그를 그리워했다. 그러나 모두들 그의 갈망을 이해해주었고, 소로가 바라는 대로 실천하기를 원했다. 그는 가족들을 만나기 위해, 또 정원일과 집안일을 돕기 위해 계속 집을 찾았을 뿐이다. 또한 그러면 식탁이든 난롯가든 언제나 내어주는 마을의 친한 이웃들 집에도 들렀다.

소로가 자신이 획득한 식량만으로 살지 않고, 종종 어머니의 파이를 챙겨갔고, 이웃들의 저녁상에도 함께했다는 이유로, 자신의 실험에 있어 정직하지 못했다고 하는 엄청난 비난은 너무 바보 같은 것이다. 그러나 너무나 자주 사람들이 그런 이유로 그를 비난하기에 몇 마디 덧붙여야 하겠다. 헨리 소로는 누구보다도 식욕과 사치욕의 노예가 아니었기에, 필요하다면 에스키모나 살 수 있는 곳에서도 불평 없이 석이버섯 같은 지의류나 약간의 지방만으로 살아갈 수 있었다. 그는 허세 부리는 위인도 아니고, 주먹구구식의 섭생법에 얽매여 사랑하는 어머니의 선물에 무례하게 손사래를 칠 소인배도 아니었다. 또한 황혼이 내릴 때면 종종 친구 집을 들러 환영받는 손님으로 난롯가에 함께 앉았던 그의 오랜 습관을 그만두어야 할 이유도 전혀 없었다. 그는 친구를 찾아온 것이지, 음식을 찾아온 것이 아니었다. 그는 말한다.

"나에게 저녁 대접을 했다고 누군가가 떠벌렸다면, 어떤 케르베루스보다도[51] 더 효과적으로 나의 그 집 방문을 막았을 것이다. 그것은 다시는 그를 귀찮게 굴지 말라는 정중하고 우회적인 암시이다."(『월든』, 6장. 「방문객」)

더 고상한 봉사는 언급할 필요도 없이, 그가 손으로 한 일만 해도 그의 음식 값은 치르고도 남았을 것이라는 사실이 이런 생트집을 충분히 해소해줄 듯하다. 그는 모든 친구들에게 자신이 즐거워서 그런 일들(굴뚝을 태워서 청소하는 일이나 벽난로 수리, 문손잡이나 덧창 고치기)을 한다고 확신시켰다.

소로는 만나는 친구들마다 항상 친절하게 대했으나, 자신이 박애주의자라고 공언하지는 않았다. 그를 결코 이해하지 못한 저명한 비평가 로웰은 다른 어떤 비난보다도 호되게 다음처럼 말했다.

"자신의 삶의 계획이 이기적이었기에, 그는 선행을 아주 근거 없는 미신이라고 비난했다."

여기 일흔다섯 해 전 소로가 내린 답변이 있다. 아마도 자선을 베푼 경험이 많은 몇몇 착한 이들에게 가슴 깊이 다가갈 내용일지도 모른다.

"악의 가지를 치는 것에서부터 그 뿌리를 자르는 일까지 수많은 방법이 있다. 아마도 궁핍한 사람들에게 많은 시간과 돈을 베푸는 이는 자신이 구제하려 헛되이 노력하는 그 빈곤을 자신의 생활 방식으로 가장 양산하는 자일 것이다."(『월든』, 1장.「경제」)

인간의 권리가 있는 곳은 어디에

▲▲▲

노예제를 지지하는 정권이 멕시코 전쟁을 불러일으켰을 때 소로가 자신의 인두세 납부를 거부한 일, 그리하여 콩코드 감옥에 갇히게 된 일을 생략할 수는 없겠다. 선량한 보통 시민이었지만, 그는 그때 좋은 정부가 침몰해버려 지금까지 보류해두었던, 자신의 혁명할 수 있는 권리를 행사할 순간이 왔다고 생각했다. 그는 소란을 떨지는 않았다. 대신 공무원을 통해 국가에 조용히 말했다.

"나는 너와 손을 씻겠어. 너의 악행에 단 한 푼도 보태줄 수 없어."

돈의 십중팔구가 잘 사용되면 무슨 소용이 있는가. 그는 그 순간이 시민으로서 항의할 수 있는, 그리고 그 시기 대중들의 낮은 척도를 부인할 수 있는 유일한 기회라고 느꼈다. 그것은 논리적인 행위라기보다는 시인의 행위, 즉 상징적인 행위였다. 그의 『시민의 불복종』을 읽어보면, 결론을 어떻게 생각하든 그 사람은 존경할 수밖에 없다.

다음의 유쾌한 장면도 빠뜨려서는 안 되겠다. 세금 징수원이자 지방 순경이며 감옥의 간수이기도 했던, 사람 좋은 샘 스테이플즈 씨는 소로를 구속하기 전에 그에게 말했다.

"어이, 헨리. 사정이 어려우면 내가 세금을 내줄게."

그는 무슨 사정인지 몰랐던 것이다. 소로가 거절하자, 그리고 나중에 앨콧(Amos Bronson Alcott, 1799-1888) 씨의[52] 경우를 보고서야 그것이 원칙의 문제임을 정확히 알았다. 그는 항상 소로를 좋아했고 존경했다. 그러나 내게 이 이야기를 해줄 때 덧붙였다.

"앨콧 영감을 위한 일이라면 그러지 않았을 것이라오."

그는 훌륭한 사람과 토지측량사는 알아주었지만, 이상주의자를 높이 평가한 것은 아니었다.*

짧은 기간 동안의 투옥은 소로에게 대수롭지 않은 일이었다. 그는 감옥에서 보낸 밤에 대해 『월든』에서 한두 줄 재미나게 언급하고 있다. 그런데 나는 한 친구로부터 거기에 쓰지 않은 사건에 대해 듣게 되었다. 소로는 아래층 감방으로부터 들려오는 고통 가득한 단일음조의 외침 소리를 들었다.

"사는 게 뭐야?"

"그래, 이것이 삶이야!"

이 소리나는 지상의 감옥이 그 어떤 보배로운 진실을 담고 있든 기꺼이 그것을 획득하고 싶어서, 소로는 머리를 창문의 쇠창살에 대고 느닷없이 물었다.

"그래서, 삶이 결국 무엇이오?"

대답은 없었고, 그 의인의 코 고는 소리만 들려왔다. 동료 순교자도 그 잠을 더 이상 방해하지 않았다.

어둠이 내린 후, 스테이플즈 씨의 어린 딸이 현관으로 나갔으나 알아보지 못했던 어떤 사람이[53] 그 아이에게 소로 씨의 세금을 내라며 약간의 돈을 건네주었다. 그 아이의 아버지는 너무 늦게 귀가하여 그날은 딸의 말을 듣지 못했지만, 다음날 아침에 기꺼이 소로를 방면했다.⁕

그에 대한 비판으로 되돌아가서, 왜 그는 남이 세금을 대신 내게 내버려두었는가? 답은 간단하다. 그는 막을 수가 없었던 것이다. 그리고 누가 냈는지도 몰랐다. 그러면 왜 감옥에서 나갔는가? 아무도 그를 가둬두려 하지 않았기 때문이다.⁕

***

그러나 몇 해 지나지 않아 노예제도 문제가 세상을 암울하게 만든다. 수많은 선량한 사람들이 아침마다 일어나 노예의 나라에서 산다는 생각에 가슴 묵직함을 느꼈다. 남부의 공격적 목소리가 커지고, 더불어 남부 대농장주들의 눈치를 보는 북부 면직 상공업자들의 비굴한 태도도 강해졌다. 미주리 절충안에[54] 대한 논쟁 도중 있었던 존 랜돌프(John Randolph, 1773-1833)의[55] 격렬한 발언이 너무나 정확한 말처럼 되살아나기도 했다.

"우리는 북부 인간들을 우리의 흑인 노예들로 통치하는 것이 아니라, 그들 자신의 백인 노예들을 이용해 통치한다. 우리는 우리가 하는 일을 잘 알고 있다. 우리는 당신들을 이전에 한번 굴복시켰고, 지금도 굴복시킬 수 있으며, 또 다시 굴복시킬 것이다."

대중의 우상이었던 웹스터는 겁쟁이 배신자가 되었고, 흑인 도망 노예로 추정되는 이를 돕거나 보호하거나 숨겨주면 누구든 투옥 또는 중한 벌금형에 처할 수 있다는 취지의 법안을 묵인했다. 이 법안에 대해서는 우리의 존경하는 호어(Ebenezar Rockwood Hoar, 1816-1895)[56] 판사님이 법정에서 이미 말한 바 있다.

"내 사건을 말하자면 이 법령은 내가 여태껏 보아온 어떤 법령

보다, 헌법에 기초한 자유의 온갖 원칙들을 용의주도하고 확고하게 무시하는 태도를 드러냈다고 하겠다."•

이 노예제도의 문제가 소로의 오두막 입구에도 밀어닥쳤다. 그가 그것을 찾아 나선 것이 아니었다. 신실한 사람이면 누구나가 그래야만 했듯이, 법을 준수할 것인지 아니면 정의를 행할 것인지를 선택해야 하는 결정적인 순간이 다가오자, 그는 주어진 문제를 풀었을 뿐이다. 그는 노예들을 숨겨주었으며, 도와주었고, 북극성과 인간의 권리가 있는 곳으로 안내했다.[57]

스티븐슨(Robert Louis Stevenson, 1850-1894)이 자신의 저서 『책과 사람들』을 발간하며[58] 일면식도 없는 소로에 대해, 그의 책들 어디에도 자비심의 흔적을 찾아보기 어렵다고 말했을 때,• 소로가 베푼 실제의 친절에 관한 이 실화를 알렉산더 H. 잽(Alexander H. Japp, 1839-1905) 씨가[59] 기고했다. 그 이야기는 버지니아 출신의 용감한 젊은 목사 몬큐어 D. 콘웨이(Moncure D. Conway)가[60] 들려준 것이다. 그는 양심의 이름으로 집안의 노예 유산을 포기하고, 고향을 등졌던 사람이다. 잠시 동안 콩코드의 소로 집 근처에서 살았는데, 그 시기 쫓기던 한 흑인노예가 밤중에 마을로 숨어들어와 소로의 집에 은닉했었다.

"그 다음날 아침에 내가 가보니 남부로부터 탈출한 도망노예 때문에 모두들 흥분해 있었다. 그 노예는 그들의 손에 완전히 자신의 운명을 내맡긴 채, 새벽녘 현관 앞에 혼절한 상태로 발견되었다. 소로가 그 불쌍한 인간에게 나를 안내했고, 나는 그를 보는 순간 낯익은 남부 노예라는 사실을 알아챘다. 그 검둥이는 나를 보고는 자신을 붙잡으러 온 줄 알고 무서워 떨었다. 나는 그를 안심시키기 위해, 약간 다른 차원이긴 하지만 나 자신도 그가 벗어나고자 하는 노예제의 구속으로부터 탈출한 도망자임을 확신시켰다. 또한 그 노예가 착한 사람임을 확인할 수 있었다. 나는 옆에서 그 학자가 노예에게 베푸는, 너무나 친절하고 몸 사리지 않는 헌신을 관찰했다. 그 노예는 음식과 절대 안정이 필요했고, 부어 오른 발은 치료를 받아야 했다. 이 차분하고 조용하기 그지없는 사람은 거듭거듭 떨고 있는 노예에게 다가가 그를 진정시키며 편히 쉬라 타일렀고, 더 이상 어느 누구도 해를 끼치지 못한다고 안심시켰다. 그날 소로는 나와 함께 약속한 산책을 나가지 않았으며, 도망 노예를 위해 망을 보았다. 그때는 아직 노예 사냥꾼들이 활개를 치던 시절이었다. 잠시 후에 나는 자리를 떠났지만, 이 비상 상황에서 발생한 수많은 자잘한 일들이 불러일으킨 감동은 내게서 오랫동안 떠나지 않았다."

* * *

소로는 결코 시민의 의무를 모두 무시한 것이 아니다. 자기 나라의 수준 낮은 도덕 의식이 그를 자극했고, 그래서 그는 수시로 그 조용하고, 위무적인 숲과 풀밭을 뒤로하고, 콩코드에서건 어디건 인간의 자유, 사상과 양심의 자유를 위해 연설하러 떠났던 것이다. 그는 캔자스 주의 노예제 반대 정착자들을[61] 위협하는 암살과 폭동을 가라앉히고, 안전책을 마련하기 위한 집회에 참석하고 연설함으로써 후원을 아끼지 않았고, 후원금을 내기도 했다.

존 브라운이 콩코드를 방문했을 때 소로는 이 강단 있는 농부와 많은 대화를 나누었고, 그를 인간 해방을 주창하는 사람으로, 그리고 정착자들의 권리를 용감하게 지키려는 인물로 존경했다. 그 후 연이은 미국의 두 행정부가 이 폭동을 경시하고, 오히려 그런 폭동을 자행하는 정당을 지속적으로 옹호하자, 소로는 미합중국 정부로부터는 기대할 것이 아무 것도 없다고 판단하고, 천부의 자연권이라는 대의명분을 위해 미합중국의 결속조차도 깨어버릴 수 있는 용기 있는 사람과 완전히 공감했던 것이다. 하퍼즈 페리 습격이 있었던 처음 며칠 동안, 브라운의 친구들과 지지자들도 이 위기 상황에 어떤 태도를 취해야 할지 몰라 어리둥절해 있을 때, 소로는 누구와도 의논하지 않고 스스로 존 브라운에 관한 연설을 하겠다고 선언하며, 누구든 관심 있는 사람은 교회 부속실로 모이라고 말했다. 그 연설은 마치 자기 친 형제를 위한 것 같았다. 그는 너무나 열정적이었고, 그의 연설은 너무나 용감했으며, 청중의 양심을 후벼 팠다. 그의 입장에 동의하건 동의하지 않건, 모두가 감동했다.

"그런 인물이 탄생하는 데 수십 년이 걸리듯이, 이해하는 데도 수십 년이 걸린다…. 그는 노예 상태에 갇힌 이들을 구원하러 온 것이니, 그의 유일한 쓰임새는 동아줄 끝에 매다는 일뿐일 것이다!"[62]

소로는 도덕적 용기를 높이 평가했다. 일찍이 그는 "두려움만큼 두려워해야 할 것은 없다. 하느님이 미워하시는 죄악은 두려움이다. 그에 비하면 무신론은 순진하다고 하느님은 생각하신다."(소로의 1851년 9월 7일 일기)라고 기록하고 있다.◆

51 그리스 신화에서 지하세계의 문을 지킨다는 머리 셋 달린 개.

52 에이머스 브론슨 앨콧은 에머슨, 마거릿 풀러 등과 함께 초절주의 클럽을 이끌어간 인물로서 여성 소설가 루이저 메이 앨콧의 아버지이다. 그는 한동안 콩코드에서 소로의 이웃으로 거주했고, 그도 세금을 내지 않아 스테이플즈 씨로부터 독촉을 당한 바 있다.

53 이 사람이 누구였는지에 대해 여러 가지 추정이 있었다. 에머슨을 필두로 해서 호어 집안 사람들, 제인 고모 등이 거명되었으나 마리아 고모였다는 주장이 가장 그럴싸하다. 『Walter Harding, The Days of Henry Thoreau: A Biography (Princeton UP, 1982)』, 204쪽 참조.

54 1820년 미국의회에서 고려했던 노예제 찬반세력 사이의 절충안이다. 기왕의 루이지애너주 영토 중 북위 36도 30분 이북 지역에서는 노예제를 금지하고, 대신 당시 형성되던 미주리주는 이에 예외로 하며, 매사추세츠주의 북부는 메인주에 포함시켜 노예제를 금지한다는 골자의 안이었으나 통과되지 않았다. 옮긴이 주 48번의 내용도 참조.

55 존 랜돌프는 기독교로 개종한 최초의 북미 인디언 포카혼타스의 먼 후손이자 당시 대표적 노예제 주인 버지니아주 출신의 상원의원이다. 1820년의 미주리 절충안을 보고 그는 특유의 재치와 연설력으로 맹렬히 비난했다.

56 에베네저 록우드 호어는 매사추세츠 출신의 저명한 법률가, 정치가이다. 그랜트 대통령 시절에 법무장관을 역임했다.

57 남부의 노예제 주로부터 북부의 자유주로 노예들이 도망해 가는 통로를 당시 '지하철도(underground railroad)'라고 불렀다. 도망노예들에게 은신처를 제공하고 도움을 주는 사람들은 '지하철도 운영자(underground railroad manager)'로 불리는데, 소로도 지하철도 운영자였던 셈이다.

58 로버트 루이스 스티븐슨은 『보물섬』과 『지킬 박사와 하이드 씨』 등으로 유명한 영국의 소설가이자 시인이다.

59 알렉산더 잽은 미국의 작가로서 스티븐슨, 소로, 호손, 토머스 드 퀸시 등 주로 유명 작가들의 전기를 많이 썼다. 이 편지는 1882년 「소로의 자비심과 유머」라는 제목으로 영국의 『스펙테이터』지에 처음 기고되었다.

60 몬큐어 콘웨이는 미국의 유니테리언교파 목사, 노예제 폐지론자였으며, 에머슨의 소개로 콩코드의 소로네 근처에서 한동안 기거했다.

61 캔자스 주를 노예 없는 자유 주로 만들기 위해 이주해간 정착자들.

62 1859년 10월에 행한 연설문 「존 브라운 대장을 위한 변명」의 한 구절. 소로의 1859년 10월 22일 일기에 기록되어 있다.

5장

이웃들이 말하는 소로

타고난 이야기꾼

▲▲▲

소로는 뛰어난 이야기꾼이었다. 그러나 지적 유희의 즐거움을 위해 짐짓 반대편 입장을 취해보거나, 사물들을 보는 자신의 지극히 독특한 견해를 역설적으로 진술함으로써 상대를 놀라게 하는 취향은 종종 친구들을 당혹하게 만들었다.

소로의 외가인 던바 가문은 스코틀랜드 혈통이다. 그는 이 민족의 특성인 논쟁성과 호전성, 그리고 반어적인 진술 취향을 지녔다. 물론 그의 선조들은 몽둥이와 큰 칼로 그랬을 테지만, 세 치 혀로 치고받기를 즐기는 그의 이 치명적인 경향은, 지적인 유희를 위한 것이긴 했어도, 그렇지 않았으면 완벽했을 친구들과의 관계를 가로막는 기질적 결함이었다.

이는 그의 외삼촌 찰스 던바를 떠올리면 이해하기 쉽다. 그는 아는 사람들과 입씨름할 때, 결코 악의적이지는 않았지만, 상대를 '뭉개버리고' 싶어 안달하는 논쟁가로 이웃에 소문이 자자했다. 소로는 여성들이나 아이들, 그리고 자신의 상대가 되지 않는 소박한 사람들에게는 이런 기질을 드러내지 않았다. 그들에게는 순박하고, 온화하며, 우호적인, 재미난 인물이었다.* 모든 사람들이 그가 자신의 원족에서 얻은 온갖 즐거운 일들을 남들과 나누고 싶어 했다고 증언해준다. 그러나 도회 출신의 오만불손한 신사나, 독단적이고 잘난 척하는 성직자나 편집자들에게는 에머슨이 표현한 대로 "서울내기들을 능히 때려누이고 웃으며 자기 길을 가는 경관"처럼 굴려 한 것이다. 그의 친구 엘러리 채닝(William Ellery Channing, 1818-1901)은[63] 말한다.

"파편적인 논리를 가장 싫어했지만, 그는 견해가 다른 사람들의 의견을 언제라도 수용할 준비가 되어 있었고, 반대에만 지나치게 집착하지 않았다."

그는 무엇보다 훌륭한 상식을 가진 사람이라서 철학가가 될 수 있었다. 멋진 담금질을 받으려면 쇠가 좋아야 하는 법이다. 그의 단순하고 직접적인 어법과 표정, 행동거지를 보았다면 분명하고 상식 있는 사람 누구라도 자신의 책에서 그를 바보라거나 환상가, 혹은 한심한 이라고 폄하하기 어려울 것이다.

소로에게는 오히려 학자나 작가, 개혁가들이라는 인간들이 그렇게 보였다. 플라톤의『향연』에서 알키비아데스(Alcibiades, BC 450-404)가 묘사하는 소크라테스의 모습 상당 부분이 소로에게 어울릴 듯하다.[64] 그는 위선과 가식만 없다면 어떤 종류의, 어떤 상태에 있는 사람들과도 이야기하기를 좋아했다. 비록 미덕의 기준이 높고, 특히 자신에게 엄격했지만, 소박한 동료들의 실수에 자비로울 줄 알았다.＊ 소로가 원주민 인디언에게 기울인 관심은 자연사에 대한 관심의 일부이기도 했지만, 그들의 지혜가 진솔하고 위선이라고는 없었기 때문에 그는 인간적으로도 매력을 느꼈던 것이다.

소로의 시절에는 머스케타퀴드 강변에 익히 알려진 한 부류의 사람들이 (지금은 거의 사라졌지만) 거주하고 있었다. 그들은 수륙양서적인 삶을 영위하며, 풍우에 노출된 채 외따로 살았다. 비록 가정도 있고, 때로는 약간 떨어진 작은 농가에 친척이 있기도 해서 종종 옥수수와 콩을 경작하기도 했지만, 그들의 가장 멋진 생활은 강에 띄운 납작한 범선 위에서 이루어졌다. 그들은 주로 강둑을 따라 배를 정박시키고, 자연과 럼주를 위안 삼아 조용히 지냈고, 강에서 물고기를 잡으며 멋진 나날들을 보냈다. 먼 옛날 물의 요정들이 잠자는 아름다운 힐라스(Hylas)를[65] 꿈결 같은 물밑으로 데려갔듯이,

때가 되면 그 물고기들이 그들을 삼켰으니, 순리에 맞게 물고기들 차례가 돌아온 것이다. 나는 다음의 시구보다 이들의 모습을 더 핍진하게 그린 손길을 알지 못한다.*

푸른 방울꽃과 창꼬치풀 우거진 곳
나직이 정박한 낡은 회색 배 안에
반짝이는 화살 모양 풀잎들에 반쯤 가리운 채
한 낚시꾼 앉았으니, 애써 감추려 하지 않는다.
그의 굽은 등 풍우에 시달려,
파도에 닳은 바위 색깔 얻었고,
모자와 얼굴, 머리카락은 햇빛과 바람에
바래고 그을려 암갈색 하나로 되었다.
거기 자연은 정밀하기 그지없어
물고기들 위험 알지 못하고
아무렇게 단 미끼도 즐겁게 삼키나
낯선 이의 미끼 거들떠보지 않는다.
푸른 눈동자만 날카롭게 살아 있지만,
부드러운 물그림자와 아름다운 사물들에 대해
누구에게도 조금치도 알려주지 않는다.

석양의 광휘, 녹색의 초원,

카디널의 불꽃 깃털을 말하지 않는다,

백합의 청초함, 일출의 홍조를,

밤의 엄숙함, 새벽별의 반짝임,

하얀 제비꽃, 불타오르는 들장미를.

이 모두가 한 폭의 그림인가? 아니면 그가 너무나 잘 아는

한 해의 아름다운 장관을 생각하는 것인가?

그의 가슴 깊이 새겨진 것인가? 나는 궁금하나,

그도 쐐기풀도 말하려 하지 않는다.

소로는 이 사람들에게 특별한 매력을 느꼈고, 그 자신이 뛰어난 낚시꾼이었기에, 도시인들의 방식이 아니라 이 사람들 특유의 비밀스런 기술로 낚시를 해 그들을 놀라게 했고, 또 다른 낚시 비법을 배우기도 했다.♦ 소로는 이들 중 가장 연장자로부터 지난 세기의 월든 호수의 모습에 대해 들었고, 그것을 자신의 책에 기록한 듯하다. 월든이 잡다한 피크닉 장소로 전락해버려, 그야말로 "월든 호수의 슬픈 나날"인 오늘날 읽으면 더욱 감동 깊은 대목이다.

소로의 토지측량을 도왔던 한 젊은이는 현장에서 받은 풍부한 배움의 즐거움을 기껍게 회상하며, 그것이 자신의 공부 길을 열어

주었다 한다. 또한 소로가 남을 즐겁게 해주는 뛰어난 유머 감각의 소유자였다고 말한다. 루이 애거시즈 비교동물학 박물관과 스미소니언박물관을 위해 수집 활동을 했던 한 젊은이가 그렇게 자연사 연구의 길로 안내되었던 것이다. 그는 자신이 어려움에 처하거나 도움이 필요할 때 세상의 누구보다도 먼저 헨리 소로에게 달려갔을 것이라고 말했다. 이곳 농가에서 태어나고, 흑연공장에서 여러 해 일하기도 한 또 다른 젊은이는 소로에 대해 어떻게 생각하느냐고 물으니 다음처럼 답했다.

"당연히 그는 내 친구 중 최고의 친구이지요. 그는 항상 원칙을 지키는 사람이고, 특히 남한테 호의를 베풀려고 노력했어요. 그래요, 그는 항상 정직하고 진실했어요. 정말 믿을 만한 사람이었지요. 모든 것이 만족스러웠답니다."

그는 친절하고 도움을 주는 사람이었냐는 물음에는,

"그럼요, 그는 친절과 도움 그 자체였지요. 우리가 반석처럼 믿을 만하다고 말하는 바로 그런 사람이었어요. 그는 협잡이나 부정을 결코 용납하지 않았지요. 그가 인근에 지나가는 것을 볼 때마다 나는 항상 달려가 대화를 나누고 싶었답니다. 그는 보통의 이웃들과는 사뭇 다른 내 인생의 동료였지요. 나는 그의 생각을 경청하고 지식을 얻기를 좋아했습니다. 그는 남이 싫어하지 않는 한, 오랫동안 대화하기를 즐겼고, 그가 말하는 내용은 항상 새로웠답니다. 주로 자연에 관한 것들이었지요. 내 생각에 그는 자연의 예술세계를 들여다보고, 대중들에게는 알려지지 않은 그 무엇인가를 얻기 위해 월든으로 들어간 것 같아요. 그는 만물을 좋아했습니다. 그리고 그 본성이 개선될 수 있다고 생각한 듯합니다. 어떤 사람들은 그가 게으르다고 말하는데, 나는 그렇게 생각하지 않는답니다. 나는 오히려 그가 부지런했다고 봅니다. 그리고 그는 일급의 기술자였지요. 그는 좋은 이웃이었고, 같이 지내기 즐거운 사람이었습니다. 그는 정말 특별한 친구였답니다."

인디애나폴리스에 사는 한 숙녀분이 캘리포니아 주립대학의 조던(David Starr Jordan) 총장으로부터[66] 들었다며 내게 다음과 같은 이야기를 들려주기도 했다. 그가 몇 년 전 위스콘신주를 여행할 때, 마침 아일랜드계 농부이면서 콩코드에 산 적이 있는 바니 멀린즈가 마차를 운전했다. 조던 총장은 그에게 소로를 아느냐고 물었고, 멀린즈는 대답했다.

"그럼요, 아다마다요. 그는 토지측량사였지요. 그는 자기 고유의 방식이 있는 사람이었습니다. 돈에는 조금도 관심이 없었지요. 지상에 살아 있는 신사가 있다면 바로 그가 그 신사이지요."

나는 미놋 프랫 부인과도 즐거운 대화를 나눈 적이 있다. 브룩농장 공동체(Brook Farm Community)의⁶⁷ 일원들이었던 그녀 부부는 브룩농장 기획이 실패로 끝나자 거의 빈털터리가 되어 콩코드에 정착하게 되었다. 그들은 곧 소로 집안과 알게 되었다. 프랫 씨는 고상한 성격의 친절한 농부이자 식물학자였다. 공통의 관심사가 그를 곧바로 소로의 친구가 되게 만들었다.

프랫 부인은 소로가 자신의 집에 자주 들렀다고 말했다. 그는 사교적이었고 친절했으며, 자기 집처럼 편안해했다고 한다. 프랫 부부는 소로의 원칙을 자신들의 원칙인 양 신봉하고 따랐다. 허세 부리지 말 것, 가식적이서도 안 됨. 친구든 손님이든 언제나 대환영, 그러나 각자의 됨됨이대로 대접받게 될 것임.

"소로는 고상한 방식의 삶을 살았습니다. 나는 그의 이야기를 듣는 걸 좋아했답니다. 그러나 그의 책은 그리 썩 좋아하지 않았지요. 종종 읽고 필요한 것을 얻긴 했습니다만. 그의 책들은 그를 잘 보여주지 못하는 것 같아요. 나는 오히려 생활 속의 소로를 보는 것이 더 좋았답니다. 그래요, 그는 참 종교적인 사람이었어요. 그는 누구보다도 목사님 같았지요. 그 말은 보통사람들 누구나가 되기를 바라고, 또 되려고 노력하는 대상이란 뜻입니다. 나는 그를 참 좋아했습니다. 그러나… 항상 일종의 경외감을 느끼면서였지요. 그는 또한 남과 대화하는 것을 정말 좋아했어요. 그의 집 식구들이 모두 그랬지요. 그러나 남 험담하는 일은 절대로 없었답니다. 그의 말은 수준 높은 경지를 유지했어요. 그는 정말 명랑하고 쾌활한 사람이었지요."

나무와 꽃들과 샘의 보호자

▲▲▲

소로가 월든에 오두막을 짓기 직전에 콩코드를 관통해 피치버그(Fitchburg) 철로가 놓이고 있었다. 한 무리의 아일랜드 이주민들이 깊은 골짜기를 따라 숲 속에 허름한 초가집을 짓고 살았다. 그들 중 일부는 아낙네들과 아이들과 함께 이 험한 거처에 살면서 나중에 훌륭한 콩코드 주민이 되었다. 월든 근처에는 오늘날까지도 굴을 뚫고 철뚝을 쌓은 작업 흔적을 찾아볼 수 있다. 이 사람들은 당시에 오늘날의 사모아인들만큼이나 신기한 존재들이었다. 소로는 산책할 때 그들과 대화를 나누기도 했고, 친절하게 관심을 베풀어주기도 했다. 나는 그가 몇 년 뒤에, 이들 중 가난하고 무지하나 아주 근면한 한 이웃이 가축 전시장에서 있었던 삽질 경연 대회에서 획득한 상금을 고용주에게 갈취당한 사실을 전해 듣고, 대단히 화내며 의분에 떨었던 모습을 잘 기억하고 있다. 고용주는 "내가 그의 시간을 돈을 주고 샀으니, 내가 지불한 시간 동안 그가 획득한 것은 자연히 나에게 귀속되는 것"이라는 구실을 내세웠다. 소로는 그 가난한 사람의 손해를 메우기 위해 돈을 모았고, 내 생각에는 고용주의 얼굴을 벌겋게 달아오르게 했을 듯하다.

　나는 그가 정의의 분노를 터뜨린 경우를 그 외에도 두어 번 보았고, 그때마다 굉장한 꾸지람이 뒤따랐다. 한 이웃이 변덕을 부려 충직한 개를 멀리 내쫓았을 때 그랬고, 병아리를 산 사람이 개를 풀어 병아리를 잡으려 했을 때 그랬다. 소로가 자신의 책에서, 날마다 말로부터 충실한 노동을 제공받으면서 말의 몸 상태를 유지하기 위해 아무 일도 하지 않는 사람들에게 전하는 충고는, 말을 가진 주인이면 누구든 일독해야 할 부분이다. 그는 실로 동물들의 개성과 성품을 존중했고, 사도 바오로에게 아무런 죄책감도 느끼지 않으며 "하느님께서 황소도 사랑하시나요?"라고[68] 질문할 수 있는 사람이다. 집짐승이건 숲짐승이건 그가 존중한 미천한 작은 이웃들이 친구 같은 믿음으로써 그의 관심에 보답했다. 소로는 인간이 고결하게 행동하지 않는 한, "하급 동물들"에 대해 말할 권리가 없다고 생각했다.

그는 모든 생명체를 경건한 마음으로 대했고, 어디에서 의식 있는 생명이 시작하고, 또 끝나는지 너무나 잘 알았으며, 그 체계에 대해 희망을 품고 있었다.

'먼지처럼 메마른 학파(Dry-as-Dust)'라고[69] 부를 만한 일군의 자연 연구자들은 자신들과 같은 방식으로 죽은 식물들과 동물들을 연구하여 분류목록을 만들지 않는다며 소로를 비판적인 시선으로 보았다. 나는 생리학과 병리학의 대단한 권위자인 베를린의 피르초프(Rudolph Carl Virchow, 1821-1902)가[70] 메마른 뼈의 연구를 인위적인 연구일 뿐, 살아 있는 자연 속에 존재하지 않는다고 비판한 사실을 잘 기억하고 있다. 자연이 무엇인가를 알려면, 뼈를 연구하는 학생들은 그 속에 골수가 들어 있고, 인대와 골막이 아직 붙어 있으며, 피가 그 혈관과 통로를 지나는, 살아 있는 뼈를 연구해야 한다는 것이다.

소로도 자기 서식지에서 살고 있는 한 마리 새를 연구하는 것이 한 부대의 새 뼈대나 박제를 만드는 일보다 더 가치 있다고 생각했다. 식물채집용 책갈피 속에 갈색으로 메말라 바스락거리는 식물은 그에게 조금의 위안도 주지 않았다. 대신 소로는 3월의 어떤 날에 그 식물의 생기가 살아나고, 8월의 며칠에 그 꽃이 필 것이며, 1월에 어떤 새들이 멀리 래브라도 반도로부터 겨울을 나기 위해 날아와, 눈밭 위에 떨어져 있는 꼬투리 속 씨앗들 위로 내려앉을 것인지를 너무나 잘 알았다.

그의 친구 에머슨은 어떤 이에게 보내는 편지에서, 그 인사를 콩코드로 불러들이고 싶어서 다음처럼 썼다.

"만약 옛날의 목신 팬이 이곳에 있다면 당신이 기꺼이 올 테지요. 우리는 이곳에서 다른 이름을 지닌 젊은 목신 팬과 함께 있답니다. 당신이 서두른다면 그를 만나, 그의 풀피리 소리를 들을 수 있을 것입니다."

그리스 사람들이 숲의 신으로 형상화한 것을 소로보다 더 잘 대변할 수 있는 사람을 뉴잉글랜드 지역에서 찾으려면 우리는 정말로 오랫동안 찾아야 할 것이다. 수년 동안 우리 마을의 외곽을 떠돌아본 사람이면, 뒤얽힌 숲과 야생 풀밭을 소리 없이 거니는 이 강건한 인물을 밤낮 어느 시각이건 만났을 공산이 크다. 소로는 한편으로 자유로이 즐겁게 숲 속을 거닐며 행복을 만끽하다가, 또 어떤 때는 험한 날씨에도 아랑곳하지 않고 아무도 없는 숲 속에서 꼼짝 않고 누워 있기도 했다. 그의 친구들, 야생 동물들을 기다리며, 그들과의 시간 들이기와 인내심 발휘하기의 내기에서 승리하는 것이다. 마침내 그 숲 속 존재들이 작은 머리를 드러내면, 자연의 소리와도 같은 나지막하고 지속적인 콧노래로 그들의 본능에 말을 걸어 다가오게 만들었다. 온갖 민족들의 목신들이 다 그렇듯이 소로는 나무와 꽃들과 샘을 보호했으며, 숲 속을 방황하는 인간들에게 말 없는 호의를 베풀어, 숲의 신성함을 깨뜨리지 않도록 만들었다. 그에게는 실로 영원불멸의 젊음과 명랑함의 기운이 서려 있었다.

날카로운 위트의 소유자

▲▲▲

소로는 자주 인간미와 함께 유머 감각을 발휘했다. 그의 유머는 모든 작품에서 은밀히 작용하고 있지만, 독자들이 그의 사람됨을 알지 못해 간혹 지나치게 진지한 것으로 받아들였다.

그는 짐짓 근엄하게 말하곤 했다.

"풀밭을 밟는다고 해서 건초 베는 일에 아무런 해도 끼치지 않는다. 그러나 분명 주인의 감정을 상하게 하니 곁에 있을 때는 삼가는 게 좋다."

월든 오두막을 방문한 반편이들과 반반편이들에 대한 그의 유머러스하면서도 아주 인간적인 언급을 보라.[71] 한때 콩코드에서 화제가 되었던 "영혼의 노크"에 대한 그의 발언을.* 채닝 씨의 전기

에 기록된 바, 술 취해서 보트 위에 드러누운 젊은 네덜란드 선원에 대한 그의 멋진 묘사를 보라.[72]

소로는 월든에서 살 때 다음처럼 기록하기도 했다.

"어느 날 저녁 우연히 월든로에서 한 마을사람을 마주쳤다. 그는, 내가 직접 본 적은 없지만, 이른바 재산깨나 모은 사람이었다. 장터로 소 한 쌍을 몰고 가던 그는 내게 어떻게 그렇게 많은 삶의 안락함을 포기할 마음을 먹게 되었는지 질문했다. 나는 분명히 나의 삶을 꽤나 좋아한다고 대답했다. 농담이 아니었다. 그리고 나는 내 집으로 가서 잠자리에 들었고, 그는 어둠 속에서 진창길을 더듬어 브라이튼-아니, 브라이트 타운이던가-으로 향했다. 그는 아침 즈음에나 그곳에 도착했을 것이다."(『월든』, 5장.「고독」)

소로는 한때 시골 강연회에서 자신의 강연이 끝난 뒤, 한 청중이 옆 사람에게 "저 양반 강연이 도대체 무슨 뜻이오?"라고 묻는 것을 엿들은 적이 있었다. 그를 발끝까지 분노하게 만든 질문이었다. 뒤를 이은 다음의 재미있는 발언이 얼마나 적실한 것이었던지는 기억이 흐릿하다.

"당신이 읍사무소 서기라면 진실로 이번 여름 티에라 델 푸에고(*Tierra del Fuego*)로 갈 수 없을 것이오. 그럼에도 불구하고 지옥불이 타오르는 땅에는 갈 수 있을 것이오. 우주는 우리의 예상보다 훨씬 넓다오."[73]

집회에 참석했던 목사들이 종종 소로 어머니의 집에 머물다가, 그의 고모들에게 소로가 자신의 설교를 들으면 좋겠다고 말했다.

"그를 위해 특별한 설교를 준비했답니다."

고모들은 별다른 기대를 걸지 않았지만, 소로는 즉시 나타나 인사를 나누었다. 이 목사는 자신의 살집 좋은 손으로 서슴없이 그의 어깨를 두드리며 짐짓 친한 체하며 외쳤다.

"드디어 여기 숲 속에 진을 친 양반이 오셨군요."

소로는 마주보고 즉각 응대했다.

"그리고 여기 설교단에 진을 친 양반이 오셨구요."

보기 좋게 한 방 먹은 상대는 더 이상 말문을 열지 못했다.

WALDEN;

OR,

LIFE IN THE WOODS.

By HENRY D. THOREAU,

AUTHOR OF "A WEEK ON THE CONCORD AND MERRIMACK RIVERS."

I do not propose to write an ode to dejection, but to brag as lustily as chanticleer in the morning, standing on his roost, if only to wake my neighbors up. — Page 92.

BOSTON:

TICKNOR AND FIELDS.

M DCCC LIV.

1854년에 출간된 『월든』 초판본.

길 위의 예민한 사색가

▲▲▲

목신 팬의 갈대피리만이 불 수 있을 듯한 마술의 가락을 소로는 자유자재로 연주할 수 있었다. 우리 콩코드 숲의 수호신은 플루트 연주의 달인이었다. 그 플루트는 그의 월든 생활의 동반자였고, 그가 플루트를 불 때마다 월든 구릉들이 메아리로 그의 연주에 반주를 붙였다.*

소로에게 음악은 어린 시절부터 시작해서 평생 동안의 친구였다. 그의 누이들은 음악으로 집안을 환하게 밝혔었다. 형 존이 죽고 난 뒤의 고독한 시기에는 호손 부인의 음악상자가 좋은 위안이 되기도 했다. 나는 그가 부르는 〈저어라, 형제여, 노를 저어라〉를 들은 적이 있는데, 형제들이 함께했던 행복한 강상여행을 회상케 했다. 소로의 〈톰 보울린〉을[74] 들어보지 못한 사람은 그가 인간의 감정을 가진 사람인지 아닌지 판단할 자격이 없다. 오래 전에 들었던 그 노래가 오늘날까지 내 귀에 쟁쟁하고, 나를 감동시킨다.

그는 새들의 노랫소리를 수많은 사람들이 돈벌이를 연구하듯 열심히 연구했다. 밀턴은 매먼을 다음처럼 묘사한다.

천상에서 떨어져 내린
가장 일그러진 영혼, 천상에서도 그의 시선과 생각은
항상 아래로 향했으며, 천상의 땅바닥이 지닌 부, 발밑의 황금을,
축복받은 시선이 향유하는 그 어떤 신성하고 성스러운 것보다
더 숭배하였으니.[75]

소로는 그렇지 않았다. 그가 마을의 거리를 지날 때, 간혹 그의 시선이 먼 곳을 향해 있어 사람들이 건네는 인사를 알아채지 못하고 지나치자, 마을사람들이 불쾌하게 여겨 마음 상해한 적이 있다. 이런 그의 모습에는 어떤 가식도 없었고, 어떤 불친절도 끼어 있지 않았다. 단지 그는 그 순간에 높디높은 느릅나무 가지 위에 있었을 뿐이다.

아침바람에 흔들리는

공중에 매달린 아름다운 정원

요정나라의 꿈과

수줍고 착한 생명을 보호하고

그늘 속 지빠귀의 노래와

신명 난 다람쥐의 경주로를 숨겼다.[76]

　한때 소로는 함께 길을 가다 멈춰 서서 날더러 멀리서 들려오는, 그러나 명료한 붉은 눈 비리오(vireo)의[77] 노랫소리와, 더 띄엄띄엄 들려오는 그 사촌 흰 눈 비리오의 노랫소리를 들어 보라고 했다. 숲 속의 두 나뭇가지 사이에 정교한 집을 짓는 그 작은 황갈색의 새가 7월이면 우리 동네 중심 도로에서 가장 흔히 볼 수 있는 가객이라는 사실을 나는 전혀 알지 못했다. 감히 말하건대 아는 사람이 거의 없을 것이다. 소로는 다음처럼 노래한다.

　높다란 느릅나무 가지 위에서

　이 평범한 여름날 내내

　우리의 사유를 길바닥 위쪽으로 고양시키려

　비리오가 적절한 변주곡을 울린다.[78]

그의 덕택으로 수많은 소년, 소녀들이 이 요정나라와도 같은 지식 세계의 문으로 들게 되었고, 그리하여 아름다운 목소리를 즐길 수 있게 되었다. 마치 북유럽 전설 속의 영웅들이 불현듯 이해하게 된 독수리의 목소리처럼, 어느 날 그가 알아듣게 된 목소리들이며, 그 이전에는 누구도 알아채지 못했던 목소리였다.

소로는 자연사 연구자 이상의 인물이다. 그는 자연에 대해서 다음과 같이 말했다.

"자연은 직선적으로 바라볼 대상이 아니다. 비스듬히, 아니면 섬광처럼 보아야 한다. 자연은 고르곤 메두사의[79] 머리처럼 그 연구자들을 돌로 변화시키고 만다."(소로의 글「원칙 없는 삶」(1854)의 한 대목) 그러나 트로이의 성은 불멸의 노랫가락에 복종하는 돌들이 스스로 쌓아올린 성이라고 전해진다. 그 성벽들은 무너져 내렸어도, 맹인 가객의[80] 노래로 영원히 남아 있다.

암흑시대라고 불리며, 우리가 야만스런 시절이었다고 생각하는 때에도 한 종류의 방랑객만은 항시 환대를 받았으니, 그가 가는 곳이면 어디더라도, 장터든, 여관이든, 병영이든, 성곽이든, 궁궐이든 무료로 대접했다. 그는 바로 노래와 이야기로써 신들과 어두운 힘들에 관해, 성인들과 세상을 구하는 영웅들과 우아한 아름다움에 관해 알려주는 존재이다. 이들은 그들 고유의 마술로 힘든 삶을 달

콤하게 만들고, 피비린내 나는 비극적 죽음도 받아들일 수 있게 만들었다. 그리하여 인색한 운명의 신이 생명의 줄을 너무 짧게 뽑았어도, 이야기의 영광된 직물 속에서 영원히 빛날 수 있으리라는 희망을 모든 이들의 마음속에 심어주었다.

남녀노소 모두 한순간 알게 되었다.
노래가 사실보다 더 진실되다는 것을.

우리의 주인공은 타고난 이야기꾼이었다. 그것도 여러 면에 있어 북유럽의 전설과 설화를 이야기하는 서사시인 혹은 음유시인과 유사했다. 그들은 숲과 호수들, 그리고 그곳에 살고 있는 난쟁이 요정들에 대해 노래한다. 그 역시 접하게 되는 모든 것을 항상 상징으로 보았으며, 그것을 통해 진실을 찾았다. 그는 말했다.

"과학적 사실조차도, 어떤 의미에서 신선하고 살아 있는 진실의 이슬로 닦아내지 않으면, 그 메마름으로 사람의 마음에 먼지를 앉게 만들 수 있다."(소로의 글 「원칙 없는 삶」(1854)의 한 대목)

63 윌리엄 엘러리 채닝은 소로와 초절주의 클럽에서 같이 활동했던 시인이자 문필가이다. 그는 하버드 의대 교수인 월터 채닝의 아들이자 당시 유니테리언 교파의 저명한 목사였던 윌리엄 엘러리 채닝 박사의 조카로서 소로보다 1년 늦게 하버드 대학에 진학했으나 졸업하지는 않았다. 1842년 초절주의 클럽의 중심인물 마거릿 풀러(Margaret Fuller)의 여동생 엘렌 풀러와 결혼해서 콩코드에 정착했고, 소로와 길 하나를 사이에 둔 이웃이자 평생지기로 지낸다. 그들은 자주 인근의 산야로 함께 산책을 다녔으며, 먼 여행을 동행하기도 했다. 채닝은 소로에게 월든 호숫가에 오두막을 지으라고 맨 먼저 제안했고, 1873년 소로 전기로서는 최초의 책인 『시인-자연주의자, 소로(Thoreau, the Poet-Naturalist)』를 출간하기도 했다.

64 알키비아데스는 펠로폰네소스 전쟁(BC 431-404) 시기에 활약한 그리스 아테네 출신의 유명한 정치가이자 장군이며 뛰어난 연설가이다. 그는 어린 시절 한 전투에서 소크라테스의 도움으로 생명을 구하고, 그 후 지속적으로 소크라테스에게 배움을 청한다. 플라톤은 소크라테스를 중심으로 한 일군의 등장인물들이 사랑이란 주제에 대해 토론하는 『향연』에서 아테네의 귀족 파에드로스, 희극 작가 아리스토파네스, 비극 작가 아가톤 등에 이어 알키비아데스를 맨 마지막 발언자로 등장시킨다. 그는 발언을 시작하며 소크라테스를 겉모습은 추하나 그 속에 조그만 황금신상들이 가득한 침묵의 신 실레누스의 동상에 비유한다. 그러고는 뒤이어 마술피리가 아니라 말로써 주술을 거는 목신 사티루스에 비유한다.

65 힐라스는 그리스 신화에 나오는 미소년으로 드리오피아의 왕 테이오다마스의 아들이다. 아버지가 헤라클레스에게 살해되고 난 뒤 그의 시종이 되어 아르고호의 원정에 참가하나, 물의 요정들에 의해 납치되었다. 일설에 의하면

그는 헤라클레스와 테이오다마스의 왕비 사이에 난 아들로서 이 때문에 헤라클레스와 테이오다마스가 싸우게 되었다고도 한다.

66 스탠포드 소재 캘리포니아주립대학의 초대 총장. 미국의 철도왕이자 캘리포니아주의 지사 및 상원의원을 지낸 릴런드 스탠포드(Leland Stanford, 1824-1893)는 요절한 하나뿐인 아들을 기념하기 위해 1891년 현재의 스탠포드 대학 전신인 릴런드 스탠포드 주니어대학을 설립하고, 그 체계를 잡아줄 사람으로 당시 40대였던 인디애나 주립대학 총장 데이비드 스타 조던을 초빙했다.

67 브룩 농장 공동체는 초절주의 클럽의 일원이자 유니테리언교파 목사인 조지 리플리가 1841년 제안하여 매사추세츠주 웨스트 록스베리(보스턴으로부터 서북쪽으로 약 13킬로미터 거리에 있음)에 설립한 이상주의적 공동체였다. 에머슨, 에이머스 앨콧, 시어도어 파커 목사 등도 관여하였으며, 호손도 초기 참가자였다. 그러나 호손은 곧 실망하여 약혼 중이었던 아내 소피아 피버디와 결혼하며 콩코드로 이사한다. 그는 브룩 농장의 경험을 토대로 소설 『블라이드데일 로맨스』(1852)를 쓰기도 한다.

68 고린도 전서, 9장 9절 참조.

69 '먼지처럼 메마른 학자'라는 표현은 애초에 월터 스콧이 자신의 역사소설 배경을 간략하게 제시하기 위해 만들어낸 가상의 학자 이름이다. 토머스 칼라일은 올리버 크롬웰의 역사적 의미를 강조하는 저서에서 자신의 연구를 '먼지처럼 메마른 학풍에 반대하는(anti-dryasdust)' 시도라고 주장했다.

70 루돌프 카를 피르초프는 독일의 의사이자 인류학자, 병리학자, 생물학자. 근대 병리학의 아버지로 추앙된다.

71 『월든』, 6장, 「방문객들」.

72 윌리엄 엘러리 채닝, 『시인-자연주의자, 소로』, 36쪽.

73 티에라 델 푸에고는 남아메리카 최남단의 지명이며, 스페인어로 "불의 땅"

이란 뜻이다. 『월든』, 18장. 「결론」 부분에 비슷한 대목이 등장하나, 다소 다른 문맥에서 활용되고 있다.

74 젊은 뱃사람 톰 보울린의 죽음과 우정을 노래하는 뱃노래.

75 영국의 서사시인 존 밀턴(John Milton, 1608-1674)의 『실락원』, 1권. 679-684행.

76 소로의 동시대 미국 여성 시인인 마리아 화이트 로웰(Maria White Lowell, 1821-1853)의 시 「병실(The Sick-Room)」의 한 구절. 마리아는 제임스 러셀 로웰과 결혼하여 네 자녀를 낳기도 하였으나, 병약하여 요절했다. 그녀가 죽고 난 다음 해 유고시집이 출판되었다.

77 비리오는 신대륙에 서식하는 참샛과의 작은 새이다. 회색에서부터 갈색, 연두색의 깃털을 지녔고, 몸길이는 10센티미터에서 17센티미터 정도이다.

78 소로의 시 「비리오(The Vireo)」의 한 구절. "적절한(meet)"이란 시어는 일반적으로 "달콤한(sweet)"이란 시어로 발표되었다.

79 그리스 신화에 따르면 메두사는 스테노, 에우리알과 더불어 고르곤의 세 자매 중 한 명이다. 머리카락이 살아 있는 뱀인 끔찍한 형상이라 보는 사람들이 돌로 변하고 만다고 한다.

80 그리스의 전설적인 시인 호메로스는 앞 못 보는 맹인이었다고 전해진다.

6장

소로의 행복한 시도

▲▲▲

누군가가 아리스토텔레스에게 우리는 왜 항상 멋진 사람들과 시간을 보내려고 하는지 물었다. "그것은 눈먼 사람들이나 할 질문입니다." 현자의 답이었다.

연필 제작을 더 잘하기 위해 너무 많은 시간을 들판에서 보내지 말라고 걱정하는 마을사람들에게, 아름다운 어머니 '자연'을 관찰하던 소로도 똑같이 대답했을 것이다. 소로가 혼자서 자연과 함께 있을 때 어떻게 느꼈는가는 자연에 대한 다음과 같은 그의 말 한마디로 집약될 수 있을 것이다.

"우리의 운명이자 거소이며, 우리의 창조주이자 생명이다."[81]

소로가 좋아했던 로빈 훗의 영웅담 시들에서 볼 수 있는 유머 감

월든 호수 전경.
작고 평범한 이 호수는 소로 이후 세계적 명소가 되었다.

각과 신선함, 습지와 푸른 숲의 풍취가 그의 어투에 스며 있었다. 그의 책들, 특히 『월든』의 경우에, 그 논쟁적인 어투가 독자들의 귀와 기억에 불쾌하게 남았을 수 있다. 그러나 소로는 그의 시대를 위해 입에는 쓰나 몸에 좋은 약을 처방하고 있다는 점을 기억해야 한다. 그가 몸에는 좋지만 피곤한 악전고투의 북풍식 처방을 결국 내려놓을 때, 따뜻한 햇살의 성공이 뒤따른다. 마술의 안개와도 같은 시인의 사유가 평범하기 그지없는 사물들로부터도 진정한 아름다움을 이끌어내는 것이다.

그의 어떤 시들은 서투른 것들도 있다. 그러나 다른 좋은 시들은, 비록 아직은 제대로 받아들여지지 않았지만, 현재 미국에서 시인으로 통하는 이들이 모두 잊혀지고 난 뒤에도 살아남을 것이다. 그의 시는 그가 젊은 시절에 접했던 많은 고전적인 영국 시보다 훨씬 덜 장식적이지만 그 진솔한 미덕은 두고두고 읽을 만하다. 그는 많은 작품들을 폐기했고, 남은 것들은 그의 저작 여기저기에 흩뿌려져 있다. 다행히 최근에 샌본 씨에 의해 자그마한 책으로 묶였다.[82] 그의 시는 종종 완벽한 운율적 표현에 미치지 못할 때도 있지만, 그의 산문을 꽤나 읽은 사람이면 누구나 진정한 시인의 생각과 어휘를 만나게 된다. 월든 호수가 그 다채로운 색채와 깨끗함, 그림자들, 얼음, 그리고 그 아이들로 이것을 불러냈던 것이다.

월든 호수가 겨울에 대비해 그 하얀 갑옷으로 무장한 어느 날 아침, 소로는 손에 도끼를 들고 물 한 모금을 마시러 호수로 내려갔다.

"나는 먼저 발목까지 차오르는 눈을 헤치고 나아가, 다음에 한 뼘이나 넘게 언 얼음 위에서, 발치에 구멍을 뚫고, 물을 마시기 위해 무릎을 꿇는다. 나는 물고기들의 고요한 거실을 들여다본다. 그것은 마치 젖빛 유리창을 통해 들어온 듯한 부드러운 빛으로 가득차 있고, 밝은 모래가 깔린 바닥은 여름철과 다를 바 없다. 거기 물 흔들림 하나 없는 영원한 고요가 호박색 저녁 하늘에서처럼 지배하고, 거주자들의 차분하고 한결같은 기질에 조응한다. 천상은 우리 머리 위에만 있는 것이 아니라 우리 발아래에도 있다.

오, 월든의 창꼬치고기! 그들이 얼음 위에[83] 놓여 있는 모습을 보면, 나는 항상 그들의 희귀한 아름다움에 놀란다. 마치 전설 속의 물고기인 양, 그들은 저잣거리에, 심지어 숲 속 환경에도 이국적이다. 아라비아가 우리 콩코드의 삶에 이국적이듯 그들은 정말 눈부신, 거의 초월적인 아름다움을 지니고 있다. 우리 콩코드 거리에서 생선장수 나팔소리와 함께 나타나 인기를 끌고 있는 창백한 대구는 그 아름다움을 결코 따라가지 못한다.◆ 월든의 창꼬치는 소나무처럼 녹색이지도 않고, 바위처럼 회색이지도 않으며, 하늘처럼 푸르지도 않다. 내가 보기에 그들은 진주처럼, 동물세포의 핵처럼,

월든 호숫물의 수정얼음처럼, 꽃과 같은, 보석과도 같은, 더 희귀한 색깔을 지녔다. 물론 그들은 온통 월든 그 자체이며, 그들 자신 동물계의 작은 월든이다. 월든주의자라고나[84] 할까. 그들이 이곳에서 잡히는 것은 놀라운 일이다. 월든로를 오가는 달구지와 마차, 딸랑거리는 썰매들의 소리가 들리는 곳보다 훨씬 깊은 곳, 이 깊고 넓은 물속에서 이 커다란 황금빛깔, 에메랄드빛깔의 물고기가 헤엄치고 있다는 사실은 정말 경이롭다. 나는 같은 종류의 물고기를 어느 시장에서도 본 적이 없다. 월든의 창꼬치가 시장에 나왔다면 세인의 시선을 집중시켰을 것이다. 물 밖으로 나오면 그들은 때 이르게 천상의 희박한 공기에 노출된 인간처럼 몇 번의 발작적인 몸부림 후에 쉬이 그들의 생명을 포기해버린다."(『월든』, 16장. 「겨울의 월든 호수」)*

소로의 귀에 전신줄의 노래가 전달해준 아름다움을 들어보라.

"새로 가설된 전신줄 아래로 지나갈 때, 나는 그것이 높은 곳에서 연주되는 하프인 양 떨리는 소리를 들었다. 그것은 마치 먼 옛날 거룩하고 고매한 삶의 노랫가락 같았고, 우리에게 다가와 이 판에 박은 듯이 반복적인 삶을 뒤흔들었다. 에올루스(Aeolus)의 하프였다."(소로의 1851년 9월 3일 일기)[85]

"마치 전신주의 온갖 구멍들이 음악으로 가득 채워져 있는 듯했다. 내가 한 전신주에 귀를 갖다 대었더니, 나무의 모든 섬유들이 변화하여 새롭고 더 조화로운 법칙에 따라 운율과 리듬을 맞추어 다시 선율을 만들어내느라 진통하고 있었다. 음율의 어떠한 오름새, 변주, 변곡도 전신주 전체에 고루 영향을 미쳤고, 전신주 나무 자체로부터 나오는 듯했다. 그 본질이 바뀐, 신성한 나무 혹은 목재였다.[86]

구멍마다 음악으로 가득 채워 나무를 보존하다니, 이 얼마나 멋진 처방인가! 숲에서 나온 이 야생의 나무가, 껍질이 벗겨진 채 여기 세워져, 신나게 이 음악을 전송하게 되다니……. 소리내는 나무라, 옛 사람들은 과연 몇 개나 만들 수 있었을까. 대지 자체를 둘러싸는, 그렇게 거대한 규모의 하프를, 모든 위도와 경도에서 바람에 의해 연주되는 하프를 갖게 되다니. 그 하프는 (말하자면) 인간의 작품 위에 천상의 축복이 현현한 것이었다."(소로의 1851년 9월 22일 일기)

에머슨 그리고 소로

▲▲▲

소로만이 우리 동네 출신이지만, 1835년부터 1845년의 기간 동안 이 동네에 같이 거주하게 되었던 네 사람의 관계를 이쯤에서 소개하는 것이 적절할 듯하다. 모두들 나름대로 훌륭한 학자들이며, 그들의 삶과 저서들로 약간의 명망을 얻기도 했다.

갓 결혼한 두 쌍의 젊은 부부가 가정을 꾸리기 위해 한적한 우리 마을을 찾아왔다. 숫기 없는 호손 부부는 리플리 집안이 잠시 비워두었던 맨스 저택으로 갔고, 고집스러우나 재미있는 천재 윌리엄 엘러리 채닝은 라파엘의 마돈나처럼 생긴 그의 아름다운 젊은 신부(마거릿 풀러의 여동생)와 함께 에머슨의 집 바로 위쪽 넓은 초지에 붙은 작은 집을 선택했다.

소로는 이 사람들 모두에게 차례대로 강과 숲을 대신해 주인 노릇을 하며 우정 어린 호의를 베풀었다. 왜냐하면 그는 에머슨처럼 자연이 "이보게, 일대일로 만남세."라고 주장하고 있다고 믿었기 때문이다. 채닝은 거의 평생을 콩코드에서 보냈지만, 호손은 그때 2년간만 머물렀다. 소로는 스테이튼 아일랜드에서 향수병에 시달리며 가정교사 생활을 하던 시기였는데, 그가 에머슨에게 보낸 다음의 편지는 새로운 입주자들과의 우정이 시작되었음을 잘 보여준다.

"친애하는 친구들이여. 먼 곳으로부터 그대들의 음성을 듣게 되어 매우 기뻤다오… 내 생각은 늘상 그곳의 사랑하는 산들과 세상을 가득 채워주는 강에게로 향한다오. 그 강은 민키우스(Mincius)나 알페이오스(Alpheios)라고[87] 불려도 모자람 없는 강이지요. 내가 멀리 떨어져 있어도 여전히 그 풀밭들을 적셔주고 있을 것이오… 채닝이 그 회색빛 마을의 주민이 되었다는 생각에 기쁘기 한이 없다오. 죽은 호메로스를 두고 일곱 도시가 자기 사람이라고 주장했었지요. 적어도 콩코드가 그에 대한 권리와 이점을 충분히 확보할 때까지라도 머물러달라고 요청하오… 그리고 호손의 경우도, 옛날의 영웅적 시대에, 전차의 잔해와 영웅들의 시체들이 나뒹구는 스카만드로스의 강둑을 함께 거닌 친구로[88] 기억하오. 그에게도 십년이 지나도 떠나지 말아달라고 부탁하오. 어떤 이들은 '아시아의 도시들이 있지 않은가'라고 말할지 모르겠소. 그 도시들이 무어란 말이오? 고향에 머무는 것이 최상의 길이오."[89]

고전들이 경시되고, 오랜 전통의 '인문학'이 실용학문에 밀려나고 있는 오늘날, 이 심지 깊은 시골사람의 삶과 저술이 호메로스와 아이스킬로스, 시모니데스, 핀다로스 등에[90] 대한 사랑으로 얼마나 풍요로워졌는지를 관찰하는 것도 좋은 일이다.

소로와 앨콧은 아주 가까워지지는 않았지만, 항상 우호적인 관계를 유지했다. 독립심이 강했던 소로는 집안 살림을 풍족하게 꾸려가지 못했던 앨콧의 평온한 철학을 감내하기 힘들었다. 앨콧의 경제적 무능이 그의 철학을 무의미하게 만든 셈인데, 그 철학에 대해 소로는 "증명되지 않은 체계를 싫어했던" 사람이라고 평가했다. 이 착한 사람은 자신이 종교적 가르침을 베푸는 일, 특히 젊은 이들에게 종교를 가르치는 일에 소명을 받았다고 생각했는데, 어디에서도 그런 요청이 들어오지 않아 궁핍한 나날들을 살 수밖에 없었다.

소로는 에머슨이 유럽에 가 있는 1847년에서 1848년까지의 기간 동안 앨콧이 에머슨을 위해 옹이 많은 떡갈나무와 곡선미 예쁜 소나무로 매우 아름다운 여름 별장을 짓는 일을 도왔다. 소로는 철학가를 위해 능숙한 톱질 솜씨를 발휘했고, 실수 없이 못을 박았다.

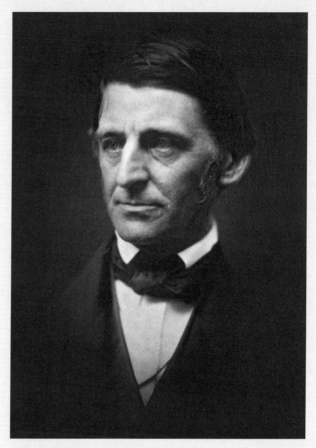

소로의 후원자였던 랠프 월도 에머슨.
이 시기 미국의 문학과 사상을 대변하는 에머슨은 소로와 특별하고도 긴. 25년 우정을 나누었다.

당시 그는 에머슨의 집에 머물면서, 에머슨 부인과 세 아이들의 보호자 겸 친구 역할을 했고, 친구의 집과 정원, 그리고 숲을 관리했다. 그는 에머슨에게 보내는 편지에서 다음처럼 말했다.

"앨콧은 저의 웃음소리를 듣고, 집 안에 있는 모든 사람들을 웃게 만들었습니다. 물론 저는 집 짓느라 용마루 위에 있을 때 가장 크게 웃을 수 있었습니다. 그러나 저는 웃지 않은 지가 오래 됩니다. 상황이 꽤나 심각한 셈입니다. 그는 너무 우울해보입니다. 일전에 저는, 짐짓 모른 척하며, 그를 수학에 집중시키려고 아주 솔직하게 노력했었답니다. '기하학 공부를 해본 적 있지요. 직선과 곡선의 관계, 유한에서 무한으로의 전환 등 말입니다. 이 부분은 뉴턴과 라이프니츠의 연구가 아주 훌륭하지요.' 그러나 그는 들으려 하지 않았습니다. 취향 있는 사람들은 자연의 곡선을 더 좋아하지요. 아, 바로 그 자신이 비틀어진 막대기꼴이랍니다. 요즘 그에게 시시각각 너무 많은 옹이가 늘어나고 있습니다."(1847년 11월 14일 소로가 에머슨에게 보낸 편지)

훌륭한 중재자였고, 두 친구를 모두 소중히 여겼던 에머슨은 4년 뒤 그의 일기에 다음처럼 기록하고 있다.

"나는 보통 사람에 비해 훨씬 더 나 자신인 사람이다. 그러나 몇몇 사람들이 없었다면 나 자신은 아주 빈한해졌을 것이다. 그들이 살을 붙여주지 않았다면 단순히 생각에 지나지 않았을 것이, 이제는 내가 함부로 가벼이 여기거나 어떤 의미에서도 허구로 취급할 수 없게 되었다. 내가 그 나라의 원주민인 앨콧을 만나지 않았더라도 플라톤의 세계를 이상향으로 취급할 수 있게 되었을 것이라고 말하는 것은 어불성설이다. 그로 인해 그 세계가 내게는 매사추세츠만큼이나 선명해졌다. 그리고 소로는 내 윤리학의 체계에 살과 피와 색슨인다운 믿음을 덧붙여준다. 그는 나보다 훨씬 더 구체적이며, 나날이 실질적으로 그 윤리를 살아가고 있다. 그리고 항상 무시할 수 없는 확정적인 경험으로 나의 생각을 강화시켜 준다."(에머슨의 1852년 7월분 일기)

과거로 약간 거슬러 올라가, 그들이 처음 대면하게 되는 1837년으로 가보자. 대학을 갓 졸업한 스무 살 약관의 청년 소로의 글이 에머슨의 여동생이자 소로의 집에 하숙하고 있던 브라운 부인에 의해 에머슨 부인의 주의를 끌게 되었다. 바로 그해에 에머슨은 기록하고 있다.

"우리의 친애하는 헨리 소로가 그렇지 않으면 쓸쓸했을 이 오후를 그의 담백함과 명료한 인식으로 명랑하게 만들었다. 담백함이란 이 표리부동한 사이비 세상에서 얼마나 희극적인가. 그의 말은 항상 사회를 희롱하고 있었지만, 그 의미는 무엇보다 엄중했다."

(에머슨의 1838년 2월 17일 일기)

1841년 칼라일에게 보낸 편지글 속에서 훈훈한 우정의 기록을 찾아볼 수 있다.

"당신의 애독자이자 친구 한 명이 지금 우리 집에 거주하고 있소. 바라건대 다가오는 열두 달 안에 당신이 자랑스러워할 만한 시인이 될 것이오. 헨리 소로라는 음악적 재주와 창의성이 뛰어난, 고귀하고 남자다운 청년이라오. 우리는 매일매일 함께 정원에서 농사일을 한다오. 나도 이제 작물들을 건강하게, 잘 키우게 되었다오."(1841년 5월 30일 에머슨이 칼라일에게 보낸 편지)

에머슨 가의 정원에는 부인이 플리머스로부터 가져온 튤립과 장미, 과일나무와 채소들이 주로 심어져 있었다. 그 예쁜 정원은 집주인이 가진 식목과 육목의 재주로는 감당하기 어려운 기술을 요구했다. 게다가 에머슨은 아침에만 한 두 시간 할애할 수 있을 뿐이었다. 그래서 소로가 친구를 위해 정원 관리를 도맡았다. 그는 또한 닭 키우는 일도 도왔는데, 닭들이 정원을 망가뜨리는 것을 막기 위해 에머슨 부인에게 얇은 염소가죽으로 덧신을 만들게 해 닭들이 식물들을 파헤치지 못하게 만들었다.

이 우호적인 관계는 대단한 성공이었다. 에머슨은 다음처럼 기록하고 있다.

"우리는 늘상 위인을 기다리고 있지만, 막상 그들이 오면 잘 활용하지 못한다. 세상에서 필적할 만한 사람을 찾으려 해봐야 허사가 되고 말, 인간 중에 신월도의 칼날과도 같은 인물이 여기 있는데, 우리 마을 선반 위에 놓여 녹슬어가고 있다."(에머슨의 1841년 10월 16일 일기)

에머슨은 이 젊은이가 연필공장에서 허송세월하고 있는 것을 안타까워하며, 분명히 오고야 말 그의 결실기를 초조하게 기다리고 있었던 것이다. 그러나 그는 소로가 자신의 나침반이 지시하는 대로 항로를 정하고 있으며, 에머슨 자신에게는 전혀 어울리지 않을 그 항로에서 행복한 항해 결과도 얻고 있다는 사실을 전혀 알지 못했다. 그래서 1848년의 일기에서 다음처럼 쓰고 있다.

"헨리 소로는 마치 목신처럼 방랑하는 시인을 꼬드긴다. 커다란 동굴과 황량한 사막으로 이끌어서, 손으로 넝쿨과 나뭇가지들이나 엮는 벌거벗은 꼴로 만든다. 읍내에서 숲으로 드는 첫걸음은 매우 고혹적이나, 그 결말은 궁핍과 광기일 뿐이다."(에머슨의 1848년 8월분 일기)

그러나 소로의 결말은 그렇지 않았다. 그리고 에머슨의 글은 한때 느낀 기분이나 상황의 한 측면만을 기록하고 있다는 사실을 잊지 말아야 하겠다.

더 행복한 날에는 다음처럼 기록하기도 했다.

"소로는 견실하고 훌륭한 젊은이이다. 스스로의 삶에 거침이 없어서 머리 썩일 기억도 없고, 밤새울 고민거리도 없이, 자연스럽게 살아간다. 어제의 것만큼이나 발본적이고 혁명적인 제안을, 그러면서도 다른 제안을 오늘 또 가지고 온다. 이 마을에서 유일하게 여유로운 인물이다. 그는 정말 수도원장 샘슨(Abbot Samson) 같은 인물이며,• 흉중에 온갖 충고의 생각을 가득 지니고 있다. 설령 그의 실행이 세상의 다른 거창한 기획들보다 더 구체적이라 주장하기는 어려울지 몰라도, 적어도 나는 그가 실천적인 능력의 소유자라서 이 세상의 온갖 세속적 일들을 거부했다는 것을 알고 있다. 사탄조차도 그를 매수할 수 없을 것이다."(에머슨의 1844년 봄철의 일기)

공동 식사 자리에 초대받아 다소 내키지 않은 마음으로 참석하게 되면, 소로는 종종 남의 말꼬리나 잡고, 대화의 부드러운 흐름에 역설적인 참견의 말을 던지곤 했다. 저녁 만찬에 목신 팬이 참석한 꼴이었다.• 또한, 둘 사이의 정기적 만남이 막바지에 다다를 쯤에는, 오후가 끝날 무렵, 소로가 콩코드 강이나 페어헤이븐 산에서 획득한 소식을 가지고 서재에 들렀을 때도 에머슨은 "자기 자신의 마음과 대화하려" 했는데 소로가 이를 방해했다고 불평했다. 서로 스파르타인과도 같은 애정과 존경심을 나누는 관계임에도 불구하고, 이 시기에는 만족스런 대화가 흔치 않았던 것처럼 보인다. 그러나 목신 팬과 더불어 나누는 오후의 긴 산책은, 그리고 목신이 바로 그날에만 찾아볼 수 있는 경치와 소리, 혹은 향기를 안내해 주는 것은 결코 흔치 않은 특전이었으며, 에머슨도 자신의 일기에서 그렇다고 칭찬했다.

그리스에서 전해지는 바로는 목신 팬조차도 자유가 위험에 처했을 때 자신의 입장을 표명했다 한다.* 그의 콩코드 후배도 그 전통을 따랐다. 1853년의 암울한 시기에 에머슨은 다음처럼 기록했다.

"세상에 태어나기도 전부터 이 자유를 지키고자 하는 정당에 헌신한 사람들을 나는 신봉한다. 나는 개리슨(William Lloyd Garrison, 1805-1879)을[91] 믿고, 소로를 믿는다. 그들은 결코 타협하지 않을 사람들이다."

자비심 많은 이상주의자 앨콧에 대한 다음과 같은 일화를 참고하는 것도 도움이 될 듯하다. 나중에 북군의 대령으로 활약하는 토머스 웬트워스 히긴슨(Thomas Wentworth Higginson, 1823-1911) 목사가[92] 도망노예를 구출하기 위해 일군의 사람들 선두에 서서 보스톤의 지방법원으로 달려갔다. 그는 법원 현관에 도착했을 때 누가 자신의 뒤를 따라왔는지 둘러보았다. 단 한 사람 앨콧만이 거기 있었다. 단지 이 철학가만이 단장을 손에 들고 예수님의 사도와도 같은 모습으로 뒤따라왔던 것이다.

그러나 소로는 이 플라톤주의자가 갖고 있지 않은 장점을 지니고 있었다. 에머슨은 타고난 지혜에 대해 거론하며 다음처럼 쓰고 있다.

"존슨 박사와 밀턴, 초서, 번즈 등은 타고난 지혜를 지니고 있었다. 우리 숙모 메리 무디 에머슨도 그랬고, 그 타고난 지혜로 무엇인가를 계속 써냈다. 타고난 지혜를 가진 자는 글을 쓸 수밖에 없다. 헨리 소로도 그랬다."(에머슨의 1853년 12월분 일기)

『월든』이 출간되었을 때, 에머슨은 마치 자신의 동생이 쓴 책인 양 기뻐했다. 또한 소로가 죽고 난 뒤 가족들이 그의 일기를 봐달라고 건넸을 때, 그는 날마다 서재에서 나오며 자신의 아이들에게 소로가 나날이 남긴 자연에 대한 기록과 생각의 일지 곳곳에서 경이로운 매력과 아름다움을 발견한다고 말했다.

자신만의 속도대로 사는 삶

▲▲▲

소로의 미덕은 항상 존경심을 불러일으켰다. 자연사에 대한 그의 지식은 내가 아는 한 로웰만이 가벼이 여겼다. 그러나 그의 인생관의 경우는 얼마나 많은 사람들이 묘한 우월감에 젖은 미소를 지으며 거론했던가? 물론 소로에게도 일부 잘못은 있었다. 스코틀랜드인 특유의 호전적 논조는 종종 그를 수사학적 과장법의 길로 들게 만들었지만, 그는 애써 누그러뜨리려 하지 않았다. 당대의 사회 조건에서는 쓴 약이 오히려 양약이라고 생각했기 때문이다.

소로의 인격에 대해 최종 판단을 내리기 전에 우리도 다시 한번 생각해보자. 비판을 일삼는 우리가 조금만 겸손해지면, 오히려 우리가 낮은 곳에 살고 있고, 이 시선의 높낮이 차이가 큰 차이를 불러왔다고 속삭이는 소리가 들려오지 않는가? 산 정상에 서 있는 사람은 그 아래 있는 친구들이 비록 겉으로는 분명 등정의 노상에 있는 것처럼 보여도, 곧 숲과 계곡을 맞닥뜨리게 되며, 오히려 살쾡이의 길처럼 보이는 길을 택함으로써 쉬이 정상에 오를 수 있다는 사실을 더 잘 볼 수 있지 않겠는가? 대부분의 시인들과 예언가들, 심지어 대규모 종교 창시자들의 언행들이 시중의 거래소에서 현명하다고 대접받은 적이 있는가?

어떤 사람이 일상적 관계에서는 남에게 친절하고 도움이 되며, 말을 함에 신중하며 용기 있고, 사소한 잡담이나 험담은 결코 대화거리로 삼지 않으며, 자신의 겸손한 노동으로 소박한 삶을 잘 영위해가고, 그 일 또한 하느님의 심사라도 받을 듯이 깨끗하게 처리하며, 그러면서도 나날의 양식을 아껴 자신의 본능과 천재성이 이끄는 삶을 살기 위해 저축하고, 나아가 종종 남을 돕거나 행복하게 하기 위해 저축한 것을 기꺼이 내놓기도 한다면, 또한 쓰라린 상실의 어려움을 능히 극복해내고, 일찍 다가온 사랑의 절망을 통해 오히려 삶을 정화시키며, 삶과 죽음을 대함에 있어 항상 대담무쌍하고 호쾌했다면, 이 온갖 모습 뒤에 어찌 우둔함이 있다 할 수 있겠는가?

소로 특유의 강도 높은 진술은 독창적이고 열정적인 사람이 그의 이웃들을 무감각 상태로부터 깨워내 그들이 도달할 수 있는 자유와 행복의 경지로 이끌어가기 위한 것이라는 사실을 감안해야 한다. 그동안 시간도 꽤 흘러 그를 더 잘 이해하게 되었으니, 이제는 그토록 이상하고 상궤를 벗어난 것처럼 간주되어 온 소로의 삶과 사상의 본류를 공정하게 바라보아야 할 일이다.

소로가 젊었던 시절 뉴잉글랜드 지역의 교육 및 종교가 내세우고 있던 기준을 고려해보라. 그 당시 교회들이 차지했던 위상은 얼마나 높았던가. 교파들마다 제각각 해석한 성경 말씀에 의문을 제기하려는 개인의 권리를 교회들은 얼마나 무시했던가. 시어도어 파커(Theodore Parker, 1810-1860)[93] 목사가 불러일으킨 공포는 얼마나 컸으며, 소위 이단 문서라 불린 글들은 얼마나 의기소침해 있었던가. 흑인노예를 위해 발언하는 사람이면 누구나가 한 소리 들을 수밖에 없던 시절이었고, 이른바 초절주의자들은 심한 조롱을 당해야 했다. 사람들을 빈민화하는 중세적 자선행위가 전반적으로 시행되고 있었고, 진화론은 격렬한 반대에 부닥쳤다. 자연사에 대한 관심은 미미했고, 부유한 집안에서 야외 캠핑이라도 가면 사람들이 경악하던 시절이었다.

이제 우리의 학교들은 교육적 체계를 갖춘 지 오래 되었고, 직업교육도 시행하며, 대학에서는 선택과목 체제도 갖추었다. 오늘날

심즈(Thomas Sims)와 번즈(Anthony Burns)의[94] 처리 경위를 회고해 보면 얼굴이 화끈거린다. 존 브라운은 이제 거의 세례자 요한처럼 자유의 승리를 위해 싸운 성인으로 대우받으며, 사람들은 존경의 마음을 품고 『다이얼』지를 거론한다. 교회들도 시어도어 파커를 회상할 때 경의를 표하며, 『아시아의 빛』조차도[95] 종교 서적으로 읽힌다. 자선단체협회에서는 중세적인 시선 베풀기를 죄악으로 간주한다고 말했다. 소위 하등동물들도 그 동류들이 있고, 실질적으로 우리의 조상임이 인정되었다. 그리고 녹음 아래 소풍 나온 무리들을 보고 이제는 그 어떤 올랜드(Orland)도[96] 다음처럼 말하지 않을 것이다.

범접하기 힘든 이 황량한 곳
울적한 나뭇가지 그늘 아래서
살금살금 다가오는 시간의 모래알을 무시하고 낭비하는
그대들이 누구든,
그대들이 더 멋진 나날들을 겪어본 적이 있다면,
종소리 울려 퍼지는 교회마당에 들어선 적이 있다면,[97]

그 대신에 그들이 강의와 연회, 전차 타고 내리기, 전화 받고 걸기가 반복되는 한동안의 삶이 있고 난 뒤, 자신들의 건강을 유지하거나 되찾기 위해 노력하고 있다는 것을 인정하게 되었다.

"마지막으로 웃는 자, 가장 잘 웃는 자이다."[98]

소로가 잘못인가, 아니면 그 시대의 사회가 잘못인가?

자신의 영혼을 경이로운 예술가이자 치유자이며, 우리와 창조주 사이의 중재자인 자연과 일대일로 대면시키려 했던 소로의 이 희귀하고 행복한 기획은 오늘날에 와서 점점 그 은혜로운 효과를 광범위하게 발휘하고 있다. 오늘날의 야외활동과 식물 애호, 동물과의 교감을 70년 전과 비교해보라. 그러나 오늘날도 혼자만의 시간을 자주 가지는 일의 헤아릴 수 없는 가치를 사람들이 너무 등한시하고 있다.

소로는 경건하게 귀 기울였고, 일기에 다음처럼 기록한다.

"내가 다른 사람들과 보조를 맞추지 않는 것은 다른 북소리를 듣고 있기 때문이다. 어떤 곡조든, 얼마나 멀리서 들려오든, 누구라도 그 자신이 듣는 음악에 발걸음을 맞추게 해줄 일이다."[99]

소로는 다시 또 쓴다.

"늙은이 속에 젊은이가, 세련된 사람 속에 투박한 사람이 들어 있지 않다면, 그는 틀림없이 악마의 무리에 든 천사이다."(소로의

158

1853년 10월 26일 일기)

　순수하고 변함없으며, 올곧은 사람을 묘사하는 시들로서 위대한 고전이 된 시들, 이를테면 다윗왕의 「하느님, 그대의 장막 속에 누가 거주할까요?」나[100] 호라티우스의 「무구한 삶」,[101] 헨리 워튼(Sir Henry Wotton, 1568-1639) 경의 "얼마나 행복한가, 태어나 배웠으나 / 타인의 뜻에 봉사하지 않는 자는"이라는[102] 구절, 또는 허버트의 「항심(Constancie)」[103] 등과 같은 시를 읽을 때, 헨리 소로를 잘 아는 사람이라면 누구든 그 말고 누구의 모습을 떠올리겠는가?

　소로가 종교를 지닌 사람이었다는 사실을 굳이 증명하려 애쓸 필요가 있을까? 갑작스럽게 다가오는 정신적 구원의 가능성에 대해 그가 인정하는 다음의 시를 읽어보자.

그것은 여름철 넓디넓은 한낮에 온다.

우연한 장소에서, 회색빛 건물 벽 옆으로,

그 당당한 얼굴로, 계절을 무색케 하며,

유월을 비웃고, 그날을 놀래며 온다.

앞에 눈이 있어 시력을 가졌을 뿐인 나는

귀가 있을 뿐인 나는, 듣는 순간 획득한다.

수년을 살아왔을 뿐인 나는 순간을 살아가고

배워서 알 뿐인 나는 진리를 깨닫는다.

나는 의심하지 않는다, 아무도 말하지 않은 사랑을,

나의 미덕으로 필요해서 산 것도 아니지만,

나 젊었을 때도 다가왔고, 늙어서도 구애해오는,

나를 이 밤에까지 데려온 사랑을.[104]

내가 지켜본 소로의 마지막 나날들

▲▲▲

소로는 마흔 넷의 이른 나이에 죽었다. 어떤 고목의 나이테 개수를 헤아리느라 진눈깨비 속에서 오래 구부리고 서 있다 그만 감기에 걸리게 되었는데, 평소 건강한 그였지만 이번에는 떨쳐버릴 수 없었다. 가족력이 있는 질병, 폐병이 활동하기 시작한 것이다. 이 노출이 있고 난 후 소로는 일 년 반 동안 더 살았다. 요양차 미네소타를 여행하기도 했으나 별 효험이 없었다. 마지막 몇 달 동안 그는 집 안에서만 생활했다. 그는 대단히 다정했고, 아주 용감했으며, 마지막 나날까지 자신의 원고들을 정리했다. 그의 이웃 레이놀즈 목사가 방문했을 때, 소로는 자신의 일에 아주 몰입해 있다가, 명랑한 모습으로 고개를 들고는 눈을 반짝이며 속삭였다. 그의 목소리

작고 소박한 소로의 무덤.
묘비에는 이름과 사망 날짜 외에 어떤 글도 새겨져 있지 않다.

는 이미 제 소리를 잃었다.

"친구에게 장원을 맡기고 떠나는 일은 아주 존경받을 만하지요."•

소로의 오랜 지인이자 한때 그의 간수이기도 했던 스테이플즈 씨는 병문안을 마치고 나오다가, 때마침 들어오는 에머슨 씨를 만나서는 "그렇게 즐겁게 그리고 평화롭게 죽어가는 사람을 본 적이 없다."고 말했다. "헨리야, 하느님과는 화해했니?"라고 물을 수밖에 없었던 캘빈교파 이모의[105] 질문에 소로는 "이모님, 우리가 언제 싸운 적이라도 있었나요?"라고 명랑하게 대답했다.

그의 친구이자 동반자인 에드워드 호어(Edward Sherman Hoar, 1823-1893)는[106] 내게 말했다.

"소로의 생명과 함께 콩코드의 숲과 들판, 강으로부터 다시는 돌아오지 않을 무엇인가가 빠져나갔다. 그는 자연을 너무나 사랑했으며, 자연의 갖가지 면모에서 즐거움을 찾았고, 자신을 자연 속에 녹여 넣는 듯했다."

그랬다. 무엇인가가 떠나갔다. 그러나 우리의 숲과 강은 바로 이 사람 덕택에 영원히 달라졌다. 그의 무엇인가가 남겨졌고, 진실로 영원히 그의 마을에 남을 것이다. 여기서 그는 태어났고, 그 안에서, 그가 추구한 전부인 바, 온갖 아름다움과 감흥의 원천을 찾았으며, 또한 우리 모두와 함께 나누었다.•

우리의 시대도 여전히 그러하지만 소로의 시대는 아직 여명기였고, 인간은 자신들의 공포와 허깨비들의 노예였다.

"인생의 선장이 되게 용기를 가질 것"이라는 자신의 좌우명을 내걸고, 그는 진리와 자연을 조력자 삼아 자유에로의 항로를 열어젖혔다.

> 그는 산으로 오르는 길을 쳐다보았고
> 아침마다 어둑신함과 폭포 너머 후미진 곳에
> 하느님 자신이 한 송이 장미로 핀 것을 보았다,
> 경이로운 새벽의 장미로,
> 아무도 보지 않는, 아, 수많은 세월 동안
> 누구도 보지 않는 장미로.[107]

그러나 소로는 간과하지 않았다. 그는 소박하게 자연을 안내자 삼아 뒤따르며, 자신의 삶을 실험함으로써 이 사실을 깨우쳤다. 그리하여 그는 말한다.

"누구든 자신의 꿈을 좇아 확신을 가지고 나아간다면, 자신이 상상한 삶을 살아가려 노력한다면, 그는 예기치 않은 평범한 시간에 성공을 만나게 될 것이다. 어떤 것들은 뒤에 버려두고, 또 보이지 않는 경계를 넘어서기도 할 것이다. 새롭고 보편적이며, 더 자유로운 법칙이 그의 주위와 내부에 자리 잡게 될 것이다. 아니면 낡은 법칙들이 그에게 맞게 더욱 자유로운 의미로 확대되고 해석될 것이다. 그리하여 그는 더 높은 존재의 질서 속에 살아가는 면허를 얻게 될 것이다. 삶을 단순화하면 할수록 세계의 법칙은 덜 복잡해질 것이고, 고독이 고독이 아니며, 가난이 가난이 아니고, 유약함이 유약함이 아니게 될 것이다. 허공중에 누각들을 지었더라도, 그대의 일은 허사이지 않으니, 거기가 그것들이 있어야 할 곳이기 때문이다. 이제 그 아래 기초를 놓으면 될 일이다."(『월든』 18장. 「결론」)

***

그의 생애 동안, 심지어 자신의 마을에서도, 외면적으로가 아니고는 거의 알려지지 않았던 이 사람, 그의 책은 판매 불가능하다고 저자에게 되돌려 보내지기도 했던 이 사람이 이제는 많은 사람들에게 알려졌고, 해마다 그 본래의 가치에 근접하게 점점 높이 평가된다. 그리고 오늘날 그는 이 나라 방방곡곡에서, 그리고 멀리 바다 건너에서도 수많은 사람들에게 삶의 자유와 희열을 선사하고 있다. 그의 가치를 잘못 판단하여, 그가 연필을 만들지 않고 돈을 벌지 않았다고 개탄하지 말자. 일찍이 그가 기원했던 특이한 소원이 허여된 것이다. 그 소원은 다음과 같다.

위대하신 하느님, 다음보다 하찮은 선물은 간구하지 않으렵니다.
저 자신을 실망시키지 않게 해주옵소서.
행동에 있어 똑같이 높이 솟게 하소서,
이 맑은 눈으로 지금 볼 수 있는 만큼 높이.
친절하게도 당신께서 제게 빌려주신 가치가
저의 친구들을 크게 실망시키게 하소서,
그들이 나의 가치를 무엇이라 생각하고,
또 무엇이리라 짐작하긴 해도,
당신께서 저를 어떻게 구별하셨는지는 꿈도 꾸지 못한답니다.
저의 연약한 손길이 저의 강건한 믿음에 대당하게 하시고,
저의 삶이 제 혀가 말한 것보다 더 많이 실천하게 하소서.
저의 미천한 행실이, 저의 약해진 기율이
제가 당신 목적을 알지 못했다거나
당신의 계획을 오판한 것으로
보이지 않게 하소서. ● 108

81 소로의 저서 『콩코드강과 메리맥강 위에서의 일주일』의 한 구절. 원문에는 "…우리의 창조주이자 우리 자신이다."로 되어 있다.

82 소로의 하버드 대학 후배이자 저널리스트이며 사회개혁가로도 활약하고, 콩코드에서 학교를 운영하며 소로에게 수업을 해달라고 요청하기도 했던 프랭클린 벤저민 샌본(Franklin Benjamin Sanborn, 1831-1917)의 『소로와 그의 초기작들(Thoreau and His Earliest Writings, 1914)』을 지칭한다.

83 원본에 의하면 이 뒤에 "또는 낚시꾼이 얼음 속에 판 물웅덩이에(or in the well which the fisherman cuts in the ice)"라는 표현이 더 있다.

84 원래의 표현 'Waldenses'는 12세기 프랑스의 종교 지도자 페테르 발도(Peter Waldo)의 지도 아래 출발한 프로테스탄트교파를 지칭하기도 한다. 발덴교파는 청렴과 가난이 하느님의 나라에 이르는 길이라고 생각했다.

85 바람이 불 때마다 풍경처럼 소리가 나도록 주로 창틀에 설치한 일종의 현악기. 에올루스는 그리스 신화 속의 바람의 신이다.

86 영문학의 고전적인 읽을거리인 저자 미상의 「십자가의 꿈(The Dream of the Rood)」에 의하면, 평범한 나무가 십자가가 됨으로써 자신의 본질이 변하게 되었다고 느끼는 대목이 있다.

87 알페이오스는 그리스의 아카디아 지역을 흐르는 강이며, 민키우스는 이탈리아 롬바르디아 지역에서 아드리아해로 흘러드는 강이다. 이 이름은 고전문학에서 강 또는 강의 신 이름으로 자주 등장한다. 소로에게는 어새벳강과 서드베리강, 그리고 이 둘이 합쳐진 콩코드강이 그의 알페이오스와 민키우스인 셈이다.

88 스카만드로스는 트로이 성 앞 평원을 흐르는 강 이름. 트로이 전쟁의 현장을 함께 거닐었다는 뜻은 호메로스의 『일리아드』를 읽은 바 있는, 같은 문학

인이란 뜻이다.

89 1843년 7월 3일 소로가 에머슨에게 보낸 편지.

90 아이스킬로스는 에우리피데스, 소포클레스와 더불어 그리스의 3대 비극작가 중 한 명이며, 시모니데스와 핀다로스는 그리스의 9대 서정시인들에 속한다.

91 개리슨은 미국의 유명한 노예해방론자이자 사회 개혁가이다. 노예제 폐지를 주장한 『리버레이터』지의 편집장을 역임했고, "미국노예제반대협회"를 창립하기도 했다. 미국에서 노예제를 즉각적으로 폐지해야 한다고 주장했던 그는 당시 미국의 화젯거리가 되고 있던 한 도망 노예의 구속 사건과 관련하여 1854년 7월 4일 콩코드 인근의 프레이밍햄(Framingham)에서 대규모의 집회를 기획했고, 소로는 그 모임에서 감동적인 연설을 하기도 한다. 그 연설은 나중에 「매사추세츠의 노예제(Slavery in Massachusetts)」라는 이름으로 발표되었다.

92 토머스 히긴슨은 미국의 유니테리언교파 목사로서 맹렬한 노예제 폐지론자였다. 1840년대와 50년대의 노예제 폐지 운동에 앞장섰고, 남북전쟁 시기에는 북군의 대령으로서 흑인병사로만 구성된 최초의 연대를 지휘하기도 했다.

93 시어도어 파커는 미국 유니테리언교파 목사였으며, 열렬한 사회개혁가이자 노예제 폐지론자였다. 에머슨, 브론슨 등과 초절주의자 모임을 함께 하기도 했다. 그의 글들과 연설은 링컨 대통령과 마틴 루터 킹 목사에게 큰 영향을 미쳤다.

94 토머스 심즈와 앤서니 번즈는 당대 미국사회에서 많은 사람들의 관심 대상이 되었던 도망노예들이다. 1851년 초 도망노예법이 의회에서 통과된 직후인 4월에 17세 소년 노예였던 심즈가 보스턴에서 체포되어 버지니아로 압송되었다. 보스턴의 노예폐지론자들은 그를 구출하려 했으나 연방법을 집행하는 공권력에 막혀 실패했다. 버지니아로 압송된 심즈는 사경에 이를 정도로 채찍질

형벌을 당했다. 소로는 이 시기의 일기에서 남부 주들과 노예제도를 맹렬히 비난했다. 번즈는 보스톤에 숨어서 생활하다 1854년 주인에게 발각되어 버지니아로 압송된 노예이다. 옮긴이 주 91번의 개리슨이 개최한 집회도 바로 이 번즈 사건과 관련해서 기획되었고, 소로는 그 집회에 연사로 초청되었다.

95 영국의 시인이자 저널리스트 에드윈 아놀드(Edwin Arnold, 1832-1904)의 대표 장시로서 석가모니의 일대기와 가르침을 시화한 작품이다. 1879년 처음 출간되어 영국과 미국에서 선풍적인 인기를 끌었다.

96 올랜드는 셰익스피어의 『당신 좋으실 대로(As You Like It)』의 주인공을 말한다.

97 『당신 좋으실 대로』, 2막 7장. 사특한 형에 의해 집에서 쫓겨난 중세 프랑스 귀족 집안의 아들 올랜드가 마찬가지로 사악한 동생에게 영지를 빼앗기고 숲속에서 지내고 있는 늙은 공작과 그 무리들을 조우하며 건네는 말이다. 허기진 올랜드는 칼을 빼들고 이 말을 하며 나무 그늘 아래 차려진 음식에 아무도 손대지 말라고 외친다.

98 영국 속담. "마지막으로 웃는 자, 가장 오래 웃는 자"라고도 표현한다.

99 소로의 1851년 7월 19일의 일기에 유사한 표현들이 나온다. 현재 인용된 구절과 더 일치하는 표현은 『월든』의 「결론」 부분에서 찾아볼 수 있다.

100 구약의 시편 15장 1절.

101 로마의 시인 호라티우스(BC. 65-8)의 서정시집 『오드』 1권의 한 부분. 이 시는 정직한 삶이 지닌 미덕을 엄숙하게 찬양하며 시작한다.

102 헨리 워튼 경은 영국의 시인이자 정치가, 외교관. 인용된 대목은 그의 시 「행복한 삶의 특징(Character of a Happy Life)」의 첫 두 줄.

103 조지 허버트는 옮긴이 주 40번 참조. 허버트는 이 시에서 변함없이 정직한 사람이 덕성스런 사람이라고 노래한다. 소로에게 특히 잘 어울릴 듯한 대

목은 다음의 마지막 연이다. "넓디넓은 세상이 한쪽으로 기울 때/ 그 어느 것도 그의 의지 너머로 사지를 비틀어/ 세상의 사악함을 고치지 않고, 동참하도록 꾀어 낼 수 없는 이/ 이 사람이 바로 안전하고 확실한 사표가 될 사람/ 여전히 정의로우면서도 항상 그러기를 기도하는 사람."

104 소로의 시 「영감(Inspiration)」의 7연, 13연, 18연을 저자 에드워드 에머슨이 13연, 7연, 18연의 순서로 재배치하며 인용하고 있다.

105 미혼 상태로 소로 집안 식구들과 함께 산 이모 루이자 던바(Louisa Dunbar)이다.

106 에드워드 호어는 소로의 하버드 대학 몇 년 후배로서 당시 콩코드 최고의 유지였던 사무엘 호어(Samuel Hoar, 1778-1856)의 막내아들이다. 젊은 시절 소로와 더불어 콩코드 인근의 산과 강을 탐험하기도 했고, 1857년 소로의 메인 주 삼림 탐험여행에도 동행한다. 그는 대학 상급생 시절에 집안 사람들과 콩코드 주민들을 동시에 대경실색하게 만들며 무단가출하여 캘리포니아에서 한동안 지내다 돌아온다. 그 후 콩코드에서 조용한 시골 삶을 살아가며, 소로와 오랜 우정을 나누게 된다. 그의 삶의 방식은 소로의 영향을 많이 받은 것으로 전해진다.

107 영국 빅토리아조 시기의 대표적 시인 알프레드 테니슨(Alfred Tennyson, 1809-1892)의 시 「죄악의 광경(The Vision of Sin)」 3절의 일부분을 저자 에드워드 에머슨이 적절히 변환하여 인용하고 있다.

108 소로의 시 「나의 기도(My Prayer)」전문. 이 시는 「기도」(A Prayer 또는 Prayer)라고 발표되기도 했다.

저자의 주석

16p. 소로는 자신의 일기에 다음처럼 쓰고 있다. "어른이 된 우리는 어린 시절의 꿈을 말하게 될 때 머뭇거린다. 우리가 표현할 수 있는 능력을 얻기도 전에 그 꿈의 반은 잊혀지고 만다."(소로의 1841년 2월 19일 일기.-옮긴이)

22p. 로웰은 소로와 아주 조금 아는 사이일 뿐이다. 그가 콩코드에서 한동안 시골 생활을 하고 있을 때, 그는 아마도 소로의 독립적인 생활 방식에 대한 마을 사람들의 비판을 듣고 편견을 갖게 된 듯하다. 물론 로웰은 두드러지게 '도회 사람'으로서 이 시골의 특이한 생활에 공감하기 어려웠을 것이다. 그는 『비평가들의 우화』에서 소로를 모방자라고 비웃는다. 몇 해가 지난 뒤 그는 다른 논문에서 글의 반 이상을 통해 이 용감하고 진지한 사람을 더욱 경박하게 다룬다. 마지막 두 세 쪽에서 앞선 온갖 비판들을 먼지로 만들기에 충분한 칭찬을 늘어놓고 있다. 불행하게도 중간에 낀 독자 대중들은 글의 재치에 사로잡혀 앞 부분의 내용으로 생각을 정리했을 듯하다. 그러나 로웰의 글은 스티븐슨의 글과 마찬가지로 불완전한 지식에 근거해 집필된 채 살아남아, 많은 사람들에게 영향을 미쳤다. 후년에 로웰의 견해가 변했다고 판단할 충분한 이유는 있다 하겠다.

그러나 로웰이 소로가 지닌 작가로서의 장점을 다음처럼 칭찬하는 대목은 믿어도 될 듯하다. "예외가 없지는 않겠으나 소로의 글에 비교할 만한 글은 드물다. 즉 그가 쓴 최고의 글들은 그 누구의 글보다 뛰어나다는 뜻이다. 그가 다루는 범위는 협애하나, 대가는 대가일 따름이다. 그의 문장들 중에는 언어로 된 그 어떤 문장보다 완벽한 것들이 있으며, 그의 생각은 그 누구의 글보다도 명료하게 표현되어 있다. 그의 비유와 이미지는 항상 땅 속에서 갓 나온 듯 신선하다."

33p. 이제는 고인이 된, 액턴(Acton)에 살았던 호러스 호스머(Horace R. Hosmer, 1830-1894) 씨는 참 재미있는 분이었는데, 그가 소로 형제들이 콩코드 아카데미에서 교사 생활을 할 때를 회상하는 귀중한 내용은 뒤에 소개하겠지만, 그는 1890년에 친절하게도 다음과 같은 내용의 글을 내게 보내주었다.

비망록과 잡다한 기록, 소로 집안에 대한 인상, 등등
-에드워드 W. 에머슨에게 호러스 R. 호스머가

"H. D. 소로는 못난 가지 위에 난 우수한 싹이 아니었소. 또한 많은 사람들이 추정하듯이 서북풍의 기운으로 태어난 사람도 아니오.
그 집 아이들이 식물학과 자연사에 조예가 깊을 만한 당연하고 충분한 이유가 있다오. '부모들의 갈망이 종종 아이들에게 실현되는 법.' 부친 존 소로와 그 부인은 언제나 애서뱃 강가와 페어헤이븐산, 리즈힐, 나쇼탁트산, 그리고 월든 호숫가에 모습을 드러냈다오. 우리 모친이 말씀하시기를 아이들 중 한 명은 하마터면 리즈힐 산 발치에서 태어날 뻔했다 하오.
  소로 부인은 최상급이 아닌 이등급을 결코 받아들이지 않는 사람이었다오. 남들도 그렇게 말하고, 나도 직접 보았다오. 존 소로는 그녀에게 아주 만족스런 남편이었고, 그 시대에 일류일 수준의 지능을 가진 사람이었소. 그의 글씨는 아주 맵시 있었고, 그가 만든 연필, 채색 종이, 광을 낸 난로, 전동타자용 흑연가루 등은 모두 시장에서 최상급이었소.

그의 천성 중 나쁜 것과 부인의 좋은 것이 합쳐져서 훌륭한 결과를 빚었다는 주장은 지나치게 조심스럽고 비밀스런 표현이오. 그가 한 통의 석탄 뒤에 숨겨둔 빚은 그 시절 콩코드의 부동산과 개인 재산 전부를 합친 것보다 더 값질 것이오. 큰아들 존은 그 아버지의 안팎이 바뀐 인물이라 하겠소.

형 존에 대해 동생 헨리가 별 말이 없었던 부분은 내가 잘못 이해했어도 어쩔 수 없다오. (어릴 때의 호스머 씨는 당시 자신이 사랑하는 만큼 소로가 형을 사랑하지는 않는다고 판단한 듯하다. 호스머 씨는 존을 거의 숭배하는 정도였다.) 솔직하게 말해 나는 존이 건축가이고 헨리는 단지 설계도나 그려내는 정도라고 생각했으며, 지금도 그리 생각한다오. 예수님에게 사도 바오르가 생긴 것이지요."

38p. 소로는 학사학위는 받았지만 석사학위는 받지 않았다. 그리고 그것은 잘한 일이었다. 그의 시절, 그리고 적어도 그 후 30여 년 동안에는 석사학위 증명서인 양피지 조각을 갖는다는 것이 3년 동안 더 대학에서 활기를 소진했고, 5달러를 납부할 여력이 있었다는 사실을 기껏 의미할 뿐이었다.(당시 하버드 대학의 석사학위 증명서 교부금이 5달러였다.-옮긴이)

42p. 이 학생이 바로 호러스 R. 호스머이다. 그가 소로 집안의 어른들에 대해 진술한 내용은 이미 인용했다. 그의 형도 이 학교 학생이었다. 그는 내게 보낸 글에서 다음처럼 말했다.

"그 학교의 모든 학생들은 큐너드 여객선의 선원들처럼 각각 자신의 의무를 부여받았다오.(큐너드는 당시 미국과 영국을 오가는 항로를 독점했던 여객선박회사 이름.-옮긴이) 그리고 각자의 맡은 바를 수행했소. 어린 아이인 내가 처음 학교에 왔을 때 존은 '애야, 착한 사람이 되고, 공부도 열심히 하렴. 너는 내 친구의 동생이란다'라고 말했다오. 곧이어 그는 나를 자신의 책상으로 오라고 불렀다오. 두어 번 불렀는데 나는 듣지 못했소. 그는 내가 골이 난 줄 생각했소. 부르시는 걸 못 들었다고 말했더니, 나를 빤히 쳐다보고는 내 말을 믿어주었다오. 그러고는 화해의 뜻으로 책상 서랍을 열어 『게으른 로런스』(영국 여성 소설가 마리아 에지워스(Maria Edgeworth, 1768-1849)의 아동문학 단편집 『어버이의 보조자(The Parent's Assistant, 1796)』에 수록된 단편 소설.-옮긴이)를 꺼내서 읽으라고 주셨소. 둘째 학기가 시작될 즈음에 그는 내게 '아버지께서 다음 학기에 널 학교에 보내기 힘들다 생각하셔도 너는 학교로 오렴. 너는 수업료 면제란다'라고 했다오. 간혹 그는 내 손을 잡고 집으로 데리고 가 저녁을 먹여주기도 했소. 그 저녁식사를 나는 결코 잊을 수 없다오. 방은 차양이 잘 되어 서늘했고, 부산스런 움직임이라곤 없었소. 소로 부인의 빵, 그 갈색과 흰색으로 잘 구워진 빵은 내가 그때껏 먹어본 것 중 최고의 빵이었다오. 그 밖에도 야채와 과일들, 파이나 푸딩을 먹었는데, 육류는 본 적이 없다오. (소로 집안 사람들은 완전한 채식주의자는 아니다. 이때는 절약하는 시기였다.) 그들의 생활은 내게 어떤 계시와도 같았다오. 내 생각에는 그들이 콩코드의 당시 조류를 20년은 앞서 있었다 싶소. 집안에서 귀에 거슬리는 소리라곤 들리지 않았다오. 소로 부인은 명랑한 성격의 소유자로 말하기를 즐기는 분이었고, 그녀의 남편은 항상 친절했소. 내가 집안에서 신사를 본 적이 있다면 그가 바로 그 사람이오. 존은 종종 학생들을 위해 자기 집 밭에서 멜론을 가져오기도 했소. 한번은 내 책상 안에 멜론 한 조각이 들어 있었는데, 나는 처음에 누가 장난으로 넣은 줄 알았소. 향기가 어찌나 좋았던지. 내가 생전 처음 본 시트론 멜론이었다오. 럭비 스쿨의 아놀드에 대해 읽었을 때 나는 종종 학교를 운영하는 일에 있어 존 소로가 아놀드를 닮았다고 생각했소.(럭비 스쿨은 영국의 유서 깊은 사립학교로서, 빅토리아조 영국의 대표적인 시인이자, 비평가, 사회평론가였던 매튜 아놀드(Matthew Arnold, 1822-1888)의 아버지 토머스 아놀드가 20대 교장으로 역임했다.-옮긴이) 내가 보기에 그는 온갖 일을 다 가능케 만드는 사람이었다오. 헨리는 학교에서 그리 사랑받는 선생은 아니었소. 그는 2층에서 학생들을 가르쳤는데, 나는 오직 존 선생에게만 배웠다오. 존은 더 인간적이고, 남을 이해하고 배려하며, 사랑하는 사람이었소. 헨리는 자기 자신을 더 생각하는 사람이었지요. 그는 양심적인 선생이었으나, 아주 엄격했다오."

이 다음에 본문에서 인용한 내용, 즉 헨리가 당시에는 아직 '설익은 사과 단계에' 머물러 있었다는 내용이 뒤따른다. 내가 호스머 씨와 작별할 때, 사랑하던 선생님에 대한 회상으로 감정이 격해 있었던 그는 다음처럼 말했다.

"요즘 헨리 소로 선생님의 명성이 치솟는 소식을 접하면, 옛날 우리 독서교본에 있었던 바이런의 「그리스의 섬」이라는 시의 다음 시행들이 떠오른다오. '그대는 아직 피로스 왕의 군무를 추고 있다./ 피로스 왕의 방진은 어디로 갔나?/ 두 가지 배움 중 왜 잊었는가/ 더 고귀하고 더 남자다운 것을?'" 그의 눈매가 촉촉이 젖어 있었다.(바이런(George Gordon Byron, 1788-1824)은 영국 낭만주의 시기의 시인. 그는 오토만제국의 지배를 받고 있던 그리스의 독립을 위해 투쟁하다 죽는다. 이 시는 그리스 독립의 당위를 주장하는 시이며, 시 속의 피로스 왕은 부상하는 로마의 세력에 대항해 그리스를 지키려 했던 에페이루스의 왕이다.-옮긴이)

42p. 이 학생은 베드퍼드(Bedford)에 살았던 토머스 호스머 박사이다. 그는 보스턴에서 오랫동안 치과의사로 근무했다. 그와 또 다른 베드퍼드 소년 B. W. 리(나중에 버몬트주의 뉴포트(Newport)로 이사 간다)는 학교까지 4마일(약 6.2킬로미터.-옮긴이)의 거리를 매일 도보로 오갔고, 하루도 결석하거나 지각하지 않

아서 칭찬을 받았다. 겨울에는 일부 구간의 강을 따라 스케이트를 타고 오기도 했다. 소로는 상급반들에게 라틴어와 그리스어, 그리고 자연철학(지금의 자연과학.-옮긴이)을 가르쳤다. 이 두 학생 모두 학교와 선생님들을 높이 평가했다. 리 씨는 내게 다음과 같은 글을 보냈다.

"선생님들을 생각하면 잊을 수 없는 것이 하나 있다오. 그것은 바로 내가 그 학교에 다닐 동안 그들이 보여준 친절함과 선의, 그리고 학생들에게 항상 옳은 일을 하라고 마음속 깊이 각인시키려는 대단한 열정이었다오."

호스머 박사는 소로에 대한 자신의 회상에다 다음의 멋진 장면을 추가했다.

"선생님의 퇴근길에, 학생들이 더 많은 이야기를 듣기 위해 그의 손을 붙잡고 걸어가는 모습들을 보곤 했지요."

호스머 박사는 말하기를 소로의 조례 훈화는 "자신이 단지 글 읽기 기초 수업을 가르치기 위해 거기 있는 것이 아니라, 광범위하게 가르치기 위해, 학생들의 생각을 깨워내기 위해 있다는 사실을 분명히 밝혔다."고 했다.

43p. 소로는 '모독'이라는 개념을 다음처럼 가르쳤다. "애들아, 만약 너희들이 누구와 사업 이야기를 하는데, 그가 주제와 상관없는 단어, 이를테면 'bootjack'(장화벗개, 장화를 벗는 데 사용하는 도구.-옮긴이)이라는 단어를 온갖 문장 속에 끼워 넣는다면, 그가 너희들을 모욕하고 있고, 너희 시간을 소홀히 여기며, 그 자신의 시간도 낭비하고 있다고 생각하지 않겠니?" 그런 뒤 그는 시장 바닥의 나쁜 언어가 지닌 불합리함을 극적으로 보여주기 위해 'bootjack'을 한 문장 속에 여러 번 강제적으로 끼워 넣어보였다.

43p. 콩코드의 조지 케이즈(George Keyes) 씨는 그 학교를 '정말 아주 즐거운 곳'이었다고 평가했다. 그는 소로 형제들이 학생들에게 토지측량 실습과 기구

사용의 경험을 제공하기 위해 콩코드의 페어헤이븐 산과 그 아래 강변의 토지 측량을 계획했다고 내게 말해주었다. 이런 일에는 소로가 더 활동적이었다.

케이즈 씨는 말했다. "우리들은 토요일 오후에 월든 호숫가에 있는 그의 집을 방문하곤 했다오. 그는 근처 숲 속에서 재미있는 것들을 많이 보여주었소. 나는 그의 철학적인 면모를 거의 볼 수 없었다오. 그는 결코 엄격하거나 현학적이지도 않았고, 자연스러웠으며, 매우 상냥하고 친절했소. 그러나 함께 장난을 칠 생각은 전혀 나지 않을 그런 분이었지요. 한번 보면 오래 기억될 얼굴을 가지신 분이었소. 키는 작고 옷도 수수하게 입으셨지만, 거리에 나서면 결코 놓치지 않을 정도로 남다른 데가 계신 분이었다오."

45p. 소로는 그의 친구에게 이 시들을 베껴서 보냈다. 에머슨 씨의 1839년 8월분 일기의 한 대목에 다음처럼 기록되어 있다. "지난 밤 헨리 소로가 「공감」이라는 아름다운 시 한 수를 보내왔다. 내 생각에는 이 비문학적인 미국의 숲에서 울려 퍼진 가장 순수하고, 숭고한 가락이다. 사람들은 반쪽 시인과 반쪽 화가들을 칭찬하지만, 나는 내가 소장하고 있는 기도(Guido)의 그림을 볼 때만큼이나 의기양양한 기분으로 소로의 노랫가락에 귀 기울인다." (직전에 칼라일이 에머슨 부부에게 기도의 〈오로라〉 판화를 선물했다.)

3년 뒤에 손위 친구는 손아래 친구를 평가함에 있어 좀 더 엄격해졌다. 1842년 11월에 그는 다음처럼 기록하고 있다. "헨리 소로가 내게 재미있는 시들을 보내왔다. 특정한 시행들이 아름다워서가 아니라 그 정직한 진실 때문에, 그리고 그 상상의 날갯짓이 힘차고 높이 솟아올랐기에 재미있었다. 요즘의 시인들은 대부분 시행들이나 가다듬고, 경구적 표현들에나 관심을 기울인다. 헨리의 시들은 적어도 투박한 힘을 지니고 있다. 아직 우리가 황금 광맥의 밑바닥에 도달하지 않았을 뿐이다. 이 시들에 흠이 있다면 황금이 아직 순수하게 흐르지 않고, 찌꺼기 투성이이며 조야하다는 점이다. 꿀풀과 박하풀이 아직 벌꿀로 정제되지 않은 것이다."(에머슨의 1842년 11월분 일기.-옮긴이)

48p. 소로는 어린 월도가 죽고 난 직후 에머슨 부인의 언니에게 이같은 편지를 보냈다. "어린 월도는 개울에서 피어나는 안개처럼, 해만 뜨면 햇살들이 흩어버리는 그 옅은 안개처럼 죽어갔다고 생각합니다. 꽃들도 가을마다 이울지 않던가요? 그는 지상에 아직 뿌리를 내리지도 못했지요. 그가 죽었다는 소식을 접하고 저는 크게 놀라지 않았답니다. 흔히 일어날 수 있는 너무나 자연스런 현상처럼 다가왔습니다. 그의 섬약한 신체가 그런 결과를 요청했고, 자연이 친절하게 그의 요구를 받아들인 셈이지요. 그가 살아남았다면 오히려 이상한 일이었을 겁니다."(소로의 1842년 3월 2일 편지. 에머슨 부인의 언니는 루시 잭슨 브라운 여사다. 그녀는 남편이 경제난으로 유럽으로 도망간 뒤 에머슨의 권유로 콩코드에서 살게 되었고, 한때 소로의 집에서 하숙을 하기도 했다. 젊은 시절의 소로는 문학적 감수성이 뛰어났던 그녀를 좋은 대화 상대로 생각했다.-옮긴이)

59p. 1843년, 에머슨의 가족들과 1년 이상 함께 지내고 난 뒤, 소로는 몇 달 동안 윌리엄 에머슨 씨의 아들 중 한 명의 가정교사 역할을 하기 위해 스테이턴 섬으로 떠났다. 그가 돌아오고 난 뒤 에머슨은 영국으로 떠났고, 친절하게도 소로는 다시 자기 친구의 집에 같이 살며 가사를 돌봐주었다. 에머슨 씨가 돌아오고 난 뒤, 그의 딸 열 살짜리 엘렌이 스테이턴 섬의 친척들을 방문하기 위해 떠났다. 소로는 아마도 그곳에서 자신이 앓았던 향수병을 떠올려서이겠지만, 집안사람을 통해 다음과 같은 내용의 친절한 편지를 그 어린 소녀에게 전달했다.

친애하는 엘렌에게,

　긴 대화를 나눈 적은 없지만 우리는 아주 잘 아는 사이라고 생각한다. 어쨌건 우리는 짧은 대화들을 이미 많이 나누었다. 2년 전 우리가 아침 식사를 챙겨먹곤 했던 일을 잘 기억하겠지? 에디(이 책의 저자인 에드워드 에머슨.-옮긴이)가 식사복을 갖춰 입자마자 부리나케 먹었었지. 그의 식사복은 왜 그리 찾기 힘들었던지. 집안을 다 뒤져서야 겨우 찾아내곤 했었다. 화첩이나 터키에서 온 책의 그림들을 우리가 현명하게 평가했던 일도 잘 기억하리라 생각한다. 에디와 이디스는 옆에서 쳐다보고 있었다. 대부분의 그림들을 우리 생각대로 파악할 수 있었었지. 우리는 『페니 매거진』(Penny Magazine, 1832년부터 1845년 사이에 영국에서 매주 토요일마다 출간된 잡지. 목판화로 그린 멋진 삽화들이 많았고, 1페니에 팔렸다.-옮긴이)도 보았었다. 처음에는 시작부터 끝까지, 그 다음에는 다시 끝부터 시작까지 보았었지. 에디는 두 번째 볼 때에도 처음처럼 뚫어지게 들여다보곤 했다. 이디스는 우리가 책장을 너무 빨리 넘긴다고 생각했고, 보지 못하고 지나친 것이 없는지 걱정했지. 나는 지금 엘렌이 무엇에 흥미를 느끼는지, 무슨 생각을 하는지 익히 짐작할 수 있단다. 정말로 나도 똑같은 일에 흥미를 느끼고 있단다. 너는 아빠나 나같이 나이든 사람들은 항상 엄숙한 일들에 대해 고민하고 있으리라 짐작하겠지만, 나는 우리가 열 살 때 생각하던 주제와 동일한 것에 대해 명상하고 있다는 사실을 잘 알고 있다. 우리는 단지 좀 더 엄숙하게 다가갈 뿐이란다. 엘렌은 동화를 읽고 또 동화 쓰기를 좋아하지. 그 일이 어떤 형태로든 네가 항상 하고 싶은 일일 게다. 엘렌도 결국에는 소위 생필품이라는 것들이 그러한 꿈을 실현하기 위해서만 필요하다는 사실을 깨닫게 될 듯하다.

에디는 끝에 낚시를 묶은 줄까지 매달린 낚싯대를 갖게 되자, 우리 눈알을 뽑을 위험성도 아랑곳하지 않고 맨땅 위에서나 양탄자 위에서 막 휘둘러댄다. 내가 코르크와 봉돌을 매다는 게 좋겠다고 했더니, 네 어머님께서 낚시를 떼고 코르크를 매달아주셨다. 그러나 에디는 그러고도 물고기를 낚을 수 있을지 미심쩍어하며, 자신이 벌써 다섯 살이라고 우긴다. 사실 나는 최근에 그의 생일잔치에 참석했고, 그 자리에 모인 친구들에게 양파 피리와 호박줄기 피리, 그리고 장군풀 호루라기를 만들어주었다. 그런 자리에 내가 무엇보다 잘해줄 수 있는 일들인 셈이다. 호어 집안의 어린 쌔미가 제일 잘 불었고, 가장 큰 소리를 내기도 했단다. 그러느라 두 눈이 튀어나올 뻔했지 뭐니. 이디스는 활기차게 잘 지내고 있다. 방과 후 학교에서 돌아오면, 깡충깡충 뛰며 야생딸기와 머루, 구즈베리, 래스베리, 심블베리 등의 나무딸기들을 따러 들판으로 내달린다. 이들 중 내일 아침쯤에 익어서 색깔이 변할 만한 것이 있으면, 내 짐작에는 이디스가 맨 먼저 눈치 채고, 할머니를 위해 자신의 바구니에 옮겨 담을 것이다.

아이들은 요즘 여기저기로 딸기를 따러 다닌다. 산야에는 백합이 피었고, 신전즈워트(염소풀이라고도 불리는 야생 나리의 일종.-옮긴이)와 메역취풀이 피기 시작했다. 나이 많은 어른들이 30년 만에 처음 겪는 혹서라고 말한다. 더위 때문에 몇몇 사람들이 죽었단다. 켄덜 씨도 그중 한 사람이다. 철도공사를 하던 아일랜드 사람들도 며칠 동안 일손을 놓을 수밖에 없었고, 농부들도 들판을 버리고 그늘을 찾았다. 구빈원의 윌리엄 브라운도 죽었다. 매일 "1센트만 줍쇼." 하며 구걸하던 양반이지. 그의 1센트를 지금은 누가 가졌는지 궁금하구나!

오늘 오후 강둑에서 멋진 주머니칼을 주웠다. 아마도 최근에 먹을 감으러 갔던 동네 사람 누군가가 떨어뜨린 것인가 보다. 어제는 멋진 화살촉을 주었단다. 아마도 꽤 오래전에 사냥하던 인디언이 잃어버린 것이겠다. 칼은 조금 녹슬었는데, 화살촉은 전혀 녹슬지 않았다.

집으로 돌아오기 전에 대서양에서 떠오르는 일출 광경을 볼 기회를 갖길 바란다. 언덕 위에 올라가면 롱 아일랜드도 방해하지 않을 것이다. 볼스터 아일랜드도 필로우 힐스도, 로우랜드도 전혀 방해되지 않을 것이다.

내가 편지했다고 해서 꼭 답장을 해야 한다고 생각하지 말렴. 그러지 않아도 된단다. 네가 거기서 지내면서 한 달 안에 편지 한 통 분량의 긴 이야깃거리를 마련하게 될 것 같지 않구나. 그러나 언젠가 아주 편안하고 한가할 때 소식 주면, 짧은 글이라도 내게는 정말 반갑겠다.

1849년, 7월 31일, 콩코드에서,

너의 오랜 친구, 헨리 소로

62p. 에머슨 씨의 1834년 일기에 있는 다음 대목은 우리를 소로의 젊은 기술자 시절로 데려다준다. "헨리 소로는 단 하나의 비결을 알고 있을 뿐이라고 하며, 그것은 바로 한 번에 한 가지의 일만 하는 것이라 했다. 저녁 시간은 공부를 위해서 할애해두었어도, 만약 그가 어느 날 혹연 자르는 기계를 발명하는 중이라면, 저녁 내내 그리고 밤중에도 톱니바퀴를 고안하는 데 시간을 모두 쏟는다. 그러다 이번 주에 훌륭한 읽을거리나 생각들을 만나게 되면, 손으로는 연필을 만지고 있어도 머리는 온종일 거기에 집중한다."(에머슨의 1843년 9월분 일기. 원주의 1834년은 1843년의 오기.-옮긴이)

63p. 1890년에 나는 콩코드에 살았던 위렌 마일즈 씨와 대담했다. 그는 콩코드의 초기 연필 제조업자 먼로 씨의 공장에서 일했었는데, 나중에 아버지 존 소로의 공장에 고용되었다. 그는 흑연을 인근에 있는 스터브리지의 튜더 광산으로부터 수년 동안 구입했고, 그 광산이 폐광될 때까지 그랬다고 말해주었다. 나중에는 캐나다로부터 구입했으나, 품질이 썩 좋지 않았다고 했다. 독일인들은 파베르 연필에 사용된 흑연을 실론으로부터 수입한 것처럼 보인다. 또한 마일즈 씨는 흑연을 갈 때 쇠로 된 공을 쓰지 않고 좋은 맷돌을 쓴 점도 언급했다. 아마도 이 기술은 소로가 공기 부력을 이용해 그들의 성공에 결정적으로 기여한 아주 고운 흑연가루를 생산하는 방법을 고안하고 난 뒤 활용되었을 듯하다. 그 이전이라면 맷돌에서 떨어져 나온 가루가 제품을 망쳤을 법하기 때문이다. 마일즈 씨는 아버지 존 소로가 공기 부력 방안을 떠올렸을 수 있으나, 결국 세부적인 것을 실행으로 옮긴 것은 소로라고 생각했다. 마일즈 씨는 나를 자신의 공장으로 데리고 가서 그 공정의 단순하면서도 완벽한 면을 직접 보게 해주었다.

잠시 동안 연필 외판사원으로 일하기도 했던 호러스 호스머 씨는 당시 인근에서는 뉴잉글랜드유리회사(New England Glass Company)와 톤튼에 있는 피닉스야금회사(Phoenix Crucible Company)가 바바리아 점토를 사용했다고 말했다. 아마도 소로 집안은 이 회사들을 통해 바바리아 점토를 구입한 듯하다. 옛날 연필의 경우는 흑연가루와 아교에다, 경랍 또는 정향나무 진액을 섞어서, 그 혼합물이 아직 따뜻할 때 반으로 쪼갠 연필나무의 홈통에 붓으로 채워 넣었다. 소로 집안 연필의 점토와 흑연 혼합물은 '연필심'으로 찍어낸 뒤에는 돌처럼 단단했고, 굉장한 고온에도 잘 견뎠다.

73p. 소로는 다음처럼 쓰고 있다. "너 자신의 최고 위도를 탐험하라. 아니, 네

속에 있는 온갖 세계와 신대륙을 탐험하라. 그리하여 무역을 위한 해협이 아니라 사유의 해협을 개척하라. 누구나가 한 왕국의 군주이다. 그 곁에서는 지상에 있는 황제의 제국일지라도 왜소한 나라에 지나지 않는다. 나는 내 손으로 하는 일에 필요 이상으로 시간을 투자하지 않겠다. 내 머리가 손이자 발이다. 내 최고의 모든 능력이 그 속에 농축되어 있음을 나는 느낀다. 어떤 동물들은 주둥이와 앞발을 사용하여 땅을 파는 것처럼, 내 본능은 내 머리가 땅을 뒤엎는 기관이라고 알려준다. 나는 그것을 이용해 이 산을 통과하는 길을 닦을 것이다. 나는 가장 풍성한 광맥이 여기 어딘가에 있다고 생각한다. 탐사봉과 옅게 피어오르는 안개로 나는 그렇게 판단한다. 그러므로 여기서 채굴을 시작할 것이다."(『월든』, 18장. 「결론」-옮긴이)

그는 또 쓴다. "내 호가 크다면, 굳이 구부려 작은 원을 만들 필요가 어디 있겠는가?"(소로의 1851년 7월 19일 일기.-옮긴이)

소로에 대해 에머슨은 다음처럼 기록했다. "지평선을 볼 수 있는 사람이면, 그와 지평선 사이에 있는 어떤 나무, 어떤 가지가 멋진가를 확고하게 말할 수 있을 것이다."(에머슨의 노트북.-옮긴이)

83p. 국왕 시해자 에드워드 고프(Edward Goffe)와 윌리엄 훼일리(William Whalley)는 크롬웰 휘하의 뛰어난 장교였다. 왕정복고 이후 추방당한 그들은 현상금이 붙은 몸으로 뉴잉글랜드로 도주하여, 해들리와 뉴헤이븐 사이의 숲 속에서 노년까지 숨어 살았다.(저자가 윌리엄 고프(William Goffe, 1605-1679)와 에드워드 훼일리(Edward Whalley, 1607-1675)의 개인 이름들을 착각한 듯하다. 이들은 올리버 크롬웰의 영국 청교도 혁명 시절에 혁혁한 공을 세운 장군들이며, 찰스 1세의 처형을 주장하는 문서에 날인했다.-옮긴이)

97p. 스테이플즈 씨가 에머슨의 이웃이 된 시기, 그리고 토지를 측량한 결과 구획을 나누는 개천이 스테이플즈 씨의 땅 안으로 한참 들어와 있었던 일에 대해서는 이미 언급했다. 소로의 문제는 무난하게 처리되었고, 그는 집으로 돌아와 서재에 앉아서 휴식을 취하며 다음처럼 말했다. "샘 스테이플즈 씨는 참 좋은 분이다. 그는 위선이라고는 모르는 사람이다. 그는 방금 내게 자신이 어떻게 콩코드로 오게 되었는지 말해주었다. 고된 일을 하며 어린 시절을 보낸 뒤, 열아홉의 나이에 일자리를 찾아 이곳까지 왔다고 한다. 돈이라고는 달랑 9펜스(당시에는 사용되던 동전이었다) 한 닢뿐이었다. 그걸 들고 선술집으로 가서 그 반을 럼주 마시는 데 썼다 한다. 그의 말로는 그 술이 자신을 제대로 새출발하게 하고, 원기왕성하게 해주었다 한다." 이 젊은이가 그때부터 죽을 때까지 꾸준히 발전한 사연은 주일학교 교과서 감으로는 어울리지 않을 듯하다. 맨 먼저 그는 말구종이 되었다가, 곧 술집의 일꾼이 되고, 경리책임자가 되었으며, 여관 주인의 고명딸과 결혼했다. 그러고는 마을의 순경으로 선출되었다. 그때의 콩코드는 군청 소재지였었는데, 판사들과 변호사들, 배심원, 증인들까지 모두가 그의 정직하고 활기찬 모습을 좋아했고, 친하게 아는 사이가 되었다. 그는 콩코드 감옥의 교도관으로 뽑혔고, 가장 유능하고, 인간적이며 지적인 교도관으로 인정받았다. 그는 또한 세금징수원이기도 했다. 에머슨 씨가 그의 결혼 주례를 섰고, 앨콧과 존 드와이트(John S. Dwight) 씨는 우연히 같이 있는 바람에 올드 미들섹스의 결혼식장에서 결혼 증인 역할을 했다. 스테이플즈 씨는 나중에 드와이트 씨를 프룻랜드 콜로니에서 온 영국사람 라이트와 혼동한 듯하다. 그래서 그는 노년에 이 이야기를 해줄 때 "나는 곧 내 결혼 증인 두 사람 모두를 내 감옥에 가두게 되었다오."라고 덧붙였다. 그가 자기 감옥 최초의 양심수 소로와 유지한 지속적인 우정, 그리고 전적으로 외교적 발언 차원에서 '전형적인 맵시꾼'이라고 불러준 앨콧 박사와의 불편한 관계

는 이미 설명했다.

　몇 년 후에 그는 매사추세츠 지방의회 의원으로 당선되었으며, 두 번이나 재선되어 교도위원회와 재정위원회의 위원으로 현명하고 성실하게 봉사했다. 지방의회와 감옥이 로웰로 옮겨간 후, 그는 경매인, 부동산 중개인, 그리고 농부로 살았다.(로웰은 보스톤에서 북서쪽으로 40킬로미터 떨어진, 메리맥 강변에 있는 도시.-옮긴이) 그러나 무엇보다도 친절한 이웃으로, 그리고 우리 마을 사람들 중 지위 고하를 막론하고 세상의 실무적인 일에 밝지 못한 사람들, 특히 미망인과 독신 여성들의 좋은 충고자로 기억될 것이다. 그는 거의 모든 사람들을 성이 아니라 이름으로 불렀고, 결코 실수하지 않았다. 그는 그 사회 공동체의 더없이 다정다감한 구성원이었다. 한때 저녁 모임 자리에서 지금은 고인이 된 케이즈 판사가 자신들의 클럽 구성원을 재미있게 소개한 적이 있다. 두 명의 목사와 세 명의 판사, 한 명의 변호사, 한 명의 의사 등등, 그런 식으로 명단을 따라 소개해가다가 "그리고 한 명의 신사분"으로 끝맺었다. 즉시 사람들이 이구동성으로 "판사님, 그 신사가 누구지요?"라고 물었다. 왜냐하면 우리들은 다른 사람은 모두 누구인지 그럭저럭 설명되었다고 확신했기 때문이다. 판사는 "아, 저기 샘이 있잖아요. 그가 우리의 은퇴한 신사분이랍니다."라고 대답했다. 몇 년 후 1894년과 1895년 사이의 겨울에 호어 판사와 레이놀즈 목사, 그리고 샘 스테이플즈 씨를 잃었을 때, 우리에게는 콩코드의 드높은 수준과 친절하고 소박한 삶을 지탱해주었던 세 기둥이 무너져내린 듯한 느낌이 들었다.

98p. 이제는 고인이 된 조지 브래드포드 바틀렛은 소로가 종종 자기 부친인 바틀렛 박사의 집에 들른 일을 기억하고 있었다. 소로는 감옥에서 나온 날 저녁에도 그 집에 들렀다. 조지는 마치 시베리아 유배자나 존 번연(John Bunyan, 1628-1688. 『천로역정』의 저자. 번연은 자격 없이 대중들에게 설교했다는 이유로 두 번

이나 투옥된다.『천로역정』은 그가 두 번째 투옥되었을 때 집필한 책이다.-옮긴이)을 본 기분이었다고 회상했다.

그는 또 말하기를 소로가 자기 부친을 위해 목수 일 등을 해주었다고 말했다. 바틀렛 박사는 불쌍한 오브라이언 부인을 위해 울타리를 만들어주었다. 그것은 신공동묘지 맞은편에 있었는데, 어린 아이였던 조지 바틀렛의 도움만을 받으며 소로가 만들었다. 조지는 소로의 월든 오두막을 종종 방문했으며, 집안이 어떻게 배치되어 있는지 정확히 기억했다. 그는 회상하기를 소로가 멀리서 들려오는 새 소리를 듣기 위해 간간이 하던 일을 멈추었으며, 지저귀거나 노래하는 새가 무슨 새인지, 나아가 암컷인지 수컷인지를 알려주었다고 했다. 또한 벌레들의 소리에 주의를 기울여보라며, 그 곤충의 마음 상태를 짐작해 보이기도 했다 한다. 그는 소로의 소장 도서가 갑자기 늘어난 것도 기억하고 있었다. 400권 이상 되는 그의 저서『콩코드강과 메리맥강 위에서의 일주일』이 출판사로부터 부쳐져왔기 때문이었다. 그러나 "이 책이 길버트 화이트의『셀본의 기록』만큼이나 유명해질 날이 올 것이다."라고 말한 에머슨 씨의 예언은 이미 이루어지고도 남았다. 바틀렛 씨는 펜실베니아주에서 소로와 친분이 있는 사람이라는 이유로 자신을 만나기를 열망했던 한 유태계 러시아인 학생을 만났던 사실도 말해주었다. 이 사람은 러시아에 있던 어린 시절에 소로의 책들을 읽었고, 그 독서가 자신을 자유인이 되도록 결정지었으며, 그에 필요한 온갖 고초와 위험을 감내할 수 있게 해주었다고 말했다. 그의 꿈은 소로의 책을 러시아어로 번역하는 일이었다.

98p. 일찍이 소로는 인간이 자신이 속한 사회법이나 땅의 법칙에 의도적으로 반대하는 입장이 되어서는 안 된다고 주장했다. 오히려 그는 "어떠한 입장이 되건 자기 존재의 법칙에 순종함으로써 자기 자신을 유지하는 것이" 의무라

고 느꼈고, 그럴 경우 "운 좋게도 정의로운 정부를 만나기라도 하면, 그 어떤 정부에도 반대하는 입장이 결코 되지 않을 것."이라고 말했다.(『월든』 18장. 「결론」-옮긴이)

100p. 그러나 직무에 묶여 있던 판사는 배심원단에게 이 법이 의회에서 정상적으로 입법되었으며, 대통령의 재가를 얻었고, 대법원에서도 유효하게 적용되므로 모든 미국 시민들은 사실상 법적으로 이 법을 준수해야 한다고 해명했다. 그는 공화국일지라도 사악한 법을 통과시킬 수 있다는 사실을 인정했다. "하느님이 주신 밝은 빛으로 자신의 의무를 점검해 본 어느 시민이라도, 그가 보기에 사악한 법령이 통과된다면, 그리고 그가 하느님의 율법에 준해 행동하여 그 법령에 복종하지 않아야 하겠다고 판단한다면, 의심할 여지없이 그는 그 법에 복종하지 않아야 한다. 왜냐하면 그는 '인간이 아니라 하느님에게 복종해야' 하기 때문이다. 그러나 신사 여러분, 자신의 개인적 양심에 근거해 공동체가 인준한 법률을 어기게 되더라도 그 불복종의 결과는 스스로 짊어져야 한다. 그것은 순전히 그 자신과 자신의 창조주 사이의 문제이다. 공공기관이 그의 개인적 견해를 자신의 행위에 대한 정당화로 인정하는 것은 좋지 않다." 이 시기에 에머슨은 대중들 앞에서 다음처럼 일갈했다. "부도덕한 법률이 입법화되는 순간 합중국의 생명은 끝난다. 법전에다 범죄를 기입하는 자는 국회의사당의 기초 아래를 파 탄약통을 매설하고 도화선을 연결하는 자이다."(에머슨이 1851년 5월 3일에 「도망노예법」이라는 제목으로 콩코드 시민들에게 행한 연설문.-옮긴이)

100p. 1890년 런던에서 소로에 대해 훌륭하고 감식력 있는 저서를 출판한 헨리 S. 솔트(Henry S. Salt) 씨는 스티븐슨이 동일한 글에서 소로를 "기피자"라는

한 단어로 요약했다가, 나중에 그의 삶에 대한 이해가 충분하지 못해 소로를 완전히 잘못 읽었다고 인정하게-불행하게도 책의 서문에서만-된 것을 잘 설명하고 있다.(솔트의 책은 『헨리 데이비드 소로의 삶(The Life of Henry Daivd Thoreau)』 이다.-옮긴이)

103p. 소로는 한때 "하나의 생각이 발사된 독화살처럼 대부분의 사람들을 파괴할 수 있다."고 말했다.(에머슨의 1850년 8월분 일기에 소로의 발언으로 소개되고 있다.-옮긴이)

110p. 어린 시절부터 소로의 두 친구 집에 종종 드나들며 지속적으로 그를 만났고, 또 그의 어머니와 누이들과도 친한 사이였던 한 숙녀는 이렇게 증언한다. "남들이 소로를 보고 자신의 이기적인 관심 외에는 흥미를 느끼지 않는 사람이고, 그저 은둔자일 뿐이며, 괴팍하고, 직업도 없이 게으르게 사는 사람이라고 말할 때, 나는 즉각 이 모든 말들이 틀렸다고 생각했다. 그는 너무나 다정다감한 사람이며, 동종의 사람들, 즉 자신과 같은 부류이며, 접촉 지점이 있는 사람들에게 친절했다. 그는 자연으로부터 배우는 일에 커다란 즐거움을 느꼈으며, 자신이 배운 것을 남들과 나누기를 갈망했고, 그들이 자신의 눈으로 보도록 돕기를, 즉 제대로 보는 법을 보여주기를 열망했다."

소로는 자신의 일기에 다음처럼 기록했다. "인간은 항상 가난한 채, 그러면서도 규칙적으로 세상에 태어나 언어를 배운다는 사실이 내게는 늘 좋은 충고이다. (중략) 한때 어떤 철학자들은 맨발로 다녔고, 더 좋은 음식이 없어서 딱딱한 빵조각을 씹으며 지냈다는 사실을 염두에 두고 살아갈 필요가 있다."(소로의 1855년 10월 20일 일기.-옮긴이)

111p. 월든 호숫가에 살 때 소로는 다음처럼 쓰고 있다. "상쾌한 봄날 아침이면 모든 인간들의 죄가 용서받는다. 그런 날은 사악함과의 평화협정일이다. 그런 태양이 빛나는 동안에는 극도로 사악한 인간도 되돌아올 수 있다. 우리는 스스로 회복한 순수함을 통해 우리 이웃의 순수함을 알아보게 된다. 어제는 당신의 이웃을 도둑이나 술주정뱅이, 호색한으로 알아 그를 불쌍히 여기거나 경멸하고, 세상에 대해 절망했을지라도, 오늘 봄날 아침에 태양이 찬란하고 따스하게 빛나며 세상을 다시 창조하고, 당신 이웃이 어떤 일을 차분하게 하는 모습을 보게 되면, 그의 타락하고 지친 혈관이 조용한 기쁨으로 확장되며, 그가 이 새로운 날을 축복하고, 어린 시절의 순수함으로 봄의 위력을 느끼는 모습을 보게 되면, 그의 온갖 잘못들은 봄눈 녹듯이 잊힌다. 그의 주위에는 어떤 선의의 기운뿐만 아니라, 심지어 일종의 성스러운 기운이, 마치 새로 생겨난 본능처럼 맹목적으로 그리고 아마도 헛되이 표현의 방법을 찾아 요동치고 있을 것이다. 한동안은 남쪽 산비탈조차도 저속한 농담에는 반향하지 않을 것이다. 당신은 깨끗하고 예쁜 새싹들이 옹이 박힌 껍질로부터 터져나와, 갓 나온 식물처럼 부드럽고 생생하게 또 다른 한 해의 삶을 시도하려 준비하는 모습을 보게 된다. 어린 새싹조차도 창조주가 주신 희열에 동참하고 있는 것이다. 간수는 왜 감옥문을 활짝 열어놓지 않는가. 판사는 왜 소송을 기각하지 않는가. 설교자는 왜 모인 회중들을 해산하지 않는가. 그것은 바로 그들이 하느님께서 주신 계시에 복종하지 않을 뿐만 아니라, 모두에게 무료로 주어진 용서를 받아들이지 않기 때문이다."(『월든』, 17장. 「봄」.-옮긴이)

112p. 「강 낚시꾼(River Fisherman)」은 에디스 에머슨 포브스(Edith Emerson Forbes) 부인의 작품이다.(에디스 에머슨 포브스 부인은 저자 에드워드 에머슨의 누나이다. 그녀는 미국의 철도왕 가문 중의 하나인 포브스가의 아들 윌리엄 해서웨이 포

브스와 결혼했다.-옮긴이)

113p. 소로는 일기에 다음처럼 쓰고 있다. "세상에는 사람들에게 거의 알려지지 않은 각양각색의 시인들이 있다. 호반시인들만이 유일하거나 주된 시인인 것이 아니다.(호반시인들은 영국 북서부 캠브리아주의 호수지역에서 살며 그 풍광을 노래했던 워즈워스, 코울리지, 사우디 등을 지칭한다.-옮긴이) 시인들은 다양한 것들을 사랑한다. 어떤 시인은 미를 사랑하고, 어떤 이는 럼을 사랑한다. 또 어떤 시인은 로마로 가고, 또 다른 시인은 낚시하러 가며, 또 어떤 이는 한 달에 한 번 교도소로 간다. 그들은 내가 모를 방법으로 자신들의 불길을 갈무리한다. 나는 그들이 오고 가는 것을 알지 못한다. 그러나 그들이 시신 뮤즈의 초대를 받으면 맹렬해지며, 온갖 것을 희생할 준비가 되어 있다는 것을 나는 안다. 나는 아폴로의 얼굴과도 같이 빛나는 얼굴을 가진 이 강과 숲의 신들을 만났다. 최근 아마도 교도소에서 나오는 길일 것이며, 금지된 신비의 약병이나 비밀스런 그릇 중 무엇이든 들고 있었을 것이다. 그런 반면 무디고 일상적인 목사들은 자신의 교구라는 뗏목을 산문 투로 운행하고 있다. 무한히 우월한 예술가(자연을 암시함.-옮긴이) 옆에 실제의 살아있는 신들을 볼 수 있으니, 내가 이교의 신들로 가득한 전시실을 볼 이유가 어디 있겠는가?"(소로의 1859년 1월 22일 일기.-옮긴이)

소로는 강을 사랑했다. "그것은 나의 대로다. 여태껏 울타리가 쳐지지 않은 채 야생 상태로 남은, 세계의 유일한 부분이다."(소로의 1852년 3월 30일 일기.-옮긴이) 그러나 그는 항상 자신이 보는 것들의 이면에서 무엇인가를 찾았다. 다른 곳에서는 다음처럼 쓰고 있다. "시간은 내가 낚시하는 물길일 뿐이다. 나는 그 물을 마신다. 물을 마시며, 모래 덮인 바닥을 보고, 얼마나 얕은지도 간파한다. 그 얕은 물길은 미끄러져 사라지나, 영원은 남는다. 나는 더 깊은 물을 마시리라. 별들이 강바닥의 자갈처럼 깔린 하늘에서 낚시하리라."(『월든』, 2장.
「내가 산 곳, 그리고 내가 위해 산 것」.-옮긴이)

123p. 우리 주님의 연대기로 1852년, 죽은 영혼이 각종의 평범한 매개물을 통해 현현한다는 믿음이 콩코드에도 밀려들었다. 호어 판사는 "그것이 보물이라면 분명 우리 오지항아리에 들어있겠군."이라고 평가했다.

뱅거(Bangor)에 머물 때 소로는 여동생에게 다음과 같은 내용의 편지를 보냈다.(뱅거는 메인주에 있는 도시로 당시 소로의 고모 마리아 소로가 거주하고 있었다. 소로는 메인주의 숲과 자연을 연구하기 위해 이곳에 자주 들렀다. 여동생은 소피아 소로이다.-옮긴이) "영혼과 영혼의 노크와 관련해서 콩코드는 여전히 멍청하기 이를 데 없구나. 넘어진 적 없어 모양새 좋은 오지항아리라면, 그 일부분일지라도 단 한순간도 담아두려 하지 않을 영혼 세계를 대부분의 사람들이 맹신하고 있다. 그 항아리의 공기는 환기가 필요한 우물처럼 촛불을 내려놓아도 꺼버리리라. 그들은 콩코드의 초원에 사는 황소개구리조차 비웃을 영혼들을 믿고 있는 것이다. 그들의 사악한 정신이 얼마나 그들을 타락시킬 수 있는지 확인하고 있는 듯하다. 이에 비하면 부엉이의 울음소리와 개구리의 개굴거리는 소리가 얼마나 천상의 지혜이냐. 그들이 믿는 것을 내가 만약 믿게 된다면, 나는 현세와 내세의 사업과 관련된 내 주식 증권을 서둘러 처분하고, 제일영혼소멸주식회사의 지분을 사겠다. 나는 내 불멸성을 이 더운 여름날의 맥주 한 잔과 맞바꾸겠다. 이교도가 어디 있는가? 과거에 미신이 있었던 적이 있는가? 그런데도 바로 이 순간 한 무리의 성직자들을 태운 배가 아프리카 해안에서 돛을 휘날릴 것이다. 새벽과 일출을 보려무나. 무지개와 저녁 무렵을. 그리스도의 말씀과 모든 성인들의 기도를 생각하렴! 음악에 귀 기울이고, 무엇이든 보고, 냄새 맡고, 맛보고, 들어 보렴! 그리고 헐거운 마룻바닥의 삐걱거리는 소리에 열광하여 '영혼이여, 노크 소리로 답할 수 없다면 식탁의 두들김으로라도 답해다오'라고 황송하게 부탁하는 이 멍청이들의 말을 들어보렴!!!!!!!!"
(소로의 1852년 7월 13일 편지.-옮긴이)

127p. 소로는 이웃인 채닝을 통해 뉴베드퍼드 근처에 살고 있던 리켓슨 집안과 친해졌다. 그 집안사람들은 친절했고, 고상한 이상을 지니고서도 소박한 삶을 영위하며, 자연을 사랑한 사람들이었다. 독수리 만(Buzzard's Bay)의 푸른 바닷가와 온화한 대기를 자랑하는 그들 고향지역은 봄과 가을이면 아름다운 경치의 변화를 연출해주었다. 소로는 그곳에서 아주 편안해했다. 그는 부모들에게도 흥미를 느꼈지만, 그 아들들에게도 관심이 많았다. 그 아들 중 하나는 소로가 죽고 난 오랜 뒤에 아주 훌륭한 그의 흉상을 제작했다. 나는 그 흉상의 사진을 삽화로 사용해도 좋다는 허락을 받았다. 소로는 그들의 낚싯배를 고쳐주었고, 배를 함께 타기도 했다. 소로가 이 집안을 방문하고 있을 때, 피아노를 연주하던 리켓슨 부인이 그에게 음악을 좋아하는지, 노래를 부를 줄 아는지 질문했다. 그는 답했다. "그럼요, 좋아하다마다요. 숲 속에서는 종종 노래를 하기도 한답니다." 그녀는 가족을 위해 노래해달라고 청했다. "아, 제가 노래를 부르면 이 집 지붕이 날아갈까 겁나는데요."라고 그가 답했다. 안주인은 거듭 재촉하며, 반주하기 위해 자리를 잡았다. 그는 자신의 애창곡인 〈톰 보울린〉을 감정을 실어 신명나게 불렀다. 그 가사의 정서를 최고조로 드러내는 노래였다.

앨콧과 조지 윌리엄 커티스가 동행으로 리켓슨 씨를 방문하고 있었는데, 저녁식사 시간에 재미있는 대화들이 오갔고, 소로도 많은 말을 했다. 식사 후에 앨콧과 커티스는 리켓슨 씨와 함께 진지한 대화를 나누기 위해 정자로 나갔고, 나머지 사람들은 조류도감을 보러 응접실로 들어갔다. 리켓슨 부인이 피아노를 연주하다 '캠벨이 온다네'를 치기 시작했다. 소로는 책을 내려놓고 춤을 추기 시작했다. 숲 속의 춤이었다. 마치 바위와 수풀 사이로 오가는 목신의 미로와도 같은 행보로, 장애물을 뛰어넘었다가, 다시 엄숙한 발걸음으로 나아가고, 원을 그리며 돌아서서, 껑충 뛰며 되돌아왔다. 방으로 막 들어오던 앨콧이 그 자신의 표현대로 '감정을 움직임으로 연출하는' 소로를 보고는 어안이 벙벙해 제자리에 멈춰 섰다. 앨콧은 그런 식의 감정을 느껴본 적이 없었다.

140p. 그 시절 생선장수는 시골 길로 포장마차를 몰고 오며, 기다란 양철나팔을 불어제낌으로써 자신의 출현을 예고했다. 해안가 마을들에만 생선시장이 열렸다.

141p. 월든 호수의 창꼬치고기는 현재 멸종상태는 아니라 해도 거의 사라졌다. 호수 바닥의 샘으로부터 솟아나는 맑은 물에서 사는 그들은 수초가 많고, 훨씬 혼탁한 느린 강물에서 사는 종류와 사뭇 다르다. 강물에서 사는 종류는 몸의 선이 덜 섬세하고, 어두운 흙빛 녹색인데 비해 월든의 창꼬치고기는, 내 기억에 의하면, 밝은 녹색에 가깝고, 깨끗하며 빛나는 무지갯빛을 띤다.

151p. 수도원장 샘슨은 칼라일의 『과거와 현재』의 주인공이다.(1843년 영국에서 미증유의 실업사태가 발생하자, 칼라일은 7주라는 짧은 기간 동안에 이 책을 완성했다. 사회적 혼란 상태에서 영웅적 지도력이 필요함을 주장하는 책인데, 12세기 영국의 성 에드먼즈 수도원장 샘슨은 그 대표적 인물이다. 샘슨은 수도원을 체계화하고, 마을 주민들의 생활수준을 높이는 데 평생을 헌신했다. 칼라일은 산업혁명기의 영국에서 '산업의 수장들"(captains of industry)이 그런 역할을 해야 한다고 생각했다.-옮긴이)

151p. 하버드 대학 입학시험을 보러 가기 직전의 이른 여름, 나의 부모님은 내 생일날 소로와 채닝을 저녁만찬에 초대했다. 내가 아기였을 때부터 나의 친구였던 소로는 특히 긴한 초대의 대상이었다. 식사가 끝난 뒤 거실로 들어갈 때, 그는 나를 우리의 동쪽 현관, 즉 과수원으로 통하는 문들 중 가장 아늑한 장소인 동쪽 현관으로 불렀다. 그것은 특별한 의미를 지닌 사랑과 친절의 행위였다. 왜냐하면 그는 자기 자신의 인생에 있어서 첫 번째 위기였던 순간을, 즉 미지의 세계로 나아가는 대문 앞에 섰을 때의 예후와도 같은 그 쓰라림의 순간을 회상하며, 나의 억눌린 마음 상태를 미리 헤아리고 있었기 때문이다. 그는 진지한 표정으로, 그러나 아주 조용하고 다정한 목소리로, 내가 진실로 고향으로부터 멀지 않은 곳에 있게 될 것이며, 분명 내 인생을 콩코드에서 보내게 될 것이라고 말해주었다. 그 말은 커다란 위안이 되었다.

152p. 그 전설은 브라우닝이 「파이디피디즈」에서 아름답게 전달해 준다.(로버트 브라우닝(Robert Browning, 1812-1889)은 영국 빅토리아조의 시인이다. 그는 이 시에서 근대 마라톤 경기의 기원이 된 파이디피디즈(Pheidippides)의 장거리 달리기를 시화하고 있다. 파이디피디즈는 페르시아가 아테네를 침범하자 스파르타의 지원을 요청하러 250여 킬로미터를 달려갔다. 그리고 또 마라톤 전쟁의 승리를 알리기 위해 40여 킬로미터를 달려간다. 브라우닝의 시에 의하면 그 과정에 그는 목신 팬의 도움을 받으며, 아테네에 도착해서 '기뻐해요, 우리가 이겼다오!'(Rejoice, we conquer!)라는 말을 남기고 죽는다.-옮긴이)

163p. 레이놀즈 씨는 인디언의 화살촉에 대해 소로에게 어떤 질문을 했었는지도 말해주었다. 그는 화살촉을 발견하기가 어렵지 않은가 하고 물었고, 소로는 "예, 어렵지요. 그러나 촉당 6센트를 받아 제법 편안한 삶을 살 수 있었답

니다."라고 대답했다.

레이놀즈 씨는 다음처럼 덧붙였다. "소로는 내가 만난 사람 중 가장 호감이 가고, 사교적이며, 마음에 드는 신사였다오. 내가 그의 아버지 장례예배를 집전했을 때, 그는 다음날 저녁에 고맙다고 인사하러 왔고 두 시간 가량 있다 갔소. 그리고 그의 책에서보다 더 재미있게 자신이 캐나다에서 겪은 이야기를 들려주었다오."

소로는 자기 방 창문으로부터 조용한 강을 바라볼 수 있었다. 그의 삶이 몇 주 남지 않은 기간에 그를 방문하고 집으로 돌아온 에머슨 씨는 다음처럼 기록하고 있다. "소로는 오늘날의 강들보다 더 안전하고, 점잖고, 조용한 옛날 강의 모습을 칭찬했다. 새 강은 급류인데 비해 옛날 강은 느리게 흘렀고, 그 수위도 안정적이었다. 옛날 강의 어느 한 부분에 일어나는 일은 그 외의 모든 부분에 발생하는 일들과 연관되어 있다. 강은 많은 것을 제공해주고, 숨겨진 자원과 재원으로 가득 차 있다."(에머슨의 1862년 3월 24일 일기.-옮긴이)

163p. 소로의 부음이 루이자 앨콧에게 전해졌을 때, 그녀는 당시 군대병원에서 간호원으로 봉사하고 있었다. 죽어가는 병사의 침대 곁에서 깊은 밤 불침번을 서고 있던 그녀는 옛날의 행복했던 순간들을 떠올렸다. 소로가 집안 어른들을 방문하는 참에 플루트를 가지고 와서 한창 커가는 소녀들을 즐겁게 해주었던 그 저녁시간을. 그의 형 존도 같이 사용했던 그 음색 고운 노란색 플루트를. 이런 슬픈 상황 속에서 그녀는 다음의 시를 썼다.(루이자 메이 앨콧(Louisa May Alcott, 1832-1888)은 소로의 친구였던 에이머스 브론슨 앨콧의 둘째 딸이며, 어린 시절부터 소로에게 커다란 영향을 받았다. 자서전적인 소설『작은 아씨들(Little Women, 1868)』이 가장 많이 알려져 있다.-옮긴이)

소로의 플루트

한숨지으며 우리는 말했다,
"우리의 목신 팬이 죽었네--
그의 피리는 강가에 소리 없이 매달려 있고,
그 주위로 애정에 찬 달빛만이 떨고 있네,
그러나 노래의 선율은 떠나고 없네.
봄날 돌아왔으나 낯선 모습일 뿐,
푸른지빠귀 진혼곡 노래하고,
수양버들개지 그를 기다리네.
숲의 수호신이 떠나갔네."

그러자 아무도 손대지 않은 플루트로부터,
조화로운 숨결소리 나지막이 들려왔네.
그와 같은 이에게는 죽음이란 없기에,
그의 삶은 영원한 생명에 값하기에.
그의 품성은 인간의 겨냥 너머에 있기에.
정의로운 만족이라는 지혜는
작은 지점도 대륙으로 만들고,
삶의 산문을 시로 변화시키네.

언덕과 시내, 야생 속에 깃들어,
제비와 쑥부쟁이, 호수와 소나무
그에게는 모두 인간이고 신이며,

이 마음 넓은 아이의 좋은 친구였네.

그러한 충성을 자연은 결코 잊지 않아,

그녀의 사랑하는 아이 누운 곳

묘지 위에 해마다 그의 이름

제비꽃으로 새겨줄 것이네.

그에게 헛된 후회란 어울리지 않으며

섬세하디 섬세한 악기인 그 영혼

못난 탄식 세상에 내뱉지 않았고,

영원히 감미롭고 힘찬 숲의 노래 들려주었네.

아, 외로운 친구여, 그는 비록 보이지 않으나

여전히 강력한 존재로 살아 있을 것이네,

확고하고, 현명하며, 평온한 모습으로.

그를 찾으려 하지 말게나. 그대와 함께 있다네.

166p. 친구가 죽고 난 한 달 뒤 에머슨 씨는 일기에 다음처럼 쓰고 있다. "헨리 소로는 여전히 내 앞에 조용하고 자족적이며, 꼿꼿한 모습으로 남아 있다. 나는 그의 일기에서 그를 읽을 뿐만 아니라, 산책할 때나 오늘처럼 연못에서 노를 저을 때, 그가 내 마음으로부터 멀리 떨어져 있지 않다는 걸 깨닫는다. 의심할 바 없이, 그는 그가 살아간 것처럼 스스로 자연과 사유의 학생이 되는 길을 현명하게 선택했다. 금욕적인 믿음을 지킨 옛날의 수도사와 얼마나 유사하던지! 그는 이재에는 재주가 없었으나, 결코 우아함을 잃거나 추해보이지 않았으며 가난한 삶을 영위하는 법을 알았다. 우리 모두가 그렇겠지만, 아마도 그

는 미리 예상하지 않은 상태에서 자신이 선택한 삶의 방식으로 접어들었을 것이다. 그러나 나중에 얻은 지혜로써 그 선택이 옳았음을 확인하고, 나아가 확신하게 되었다."(에머슨의 1862년 6월분 일기.-옮긴이)

조금 뒤에 소로의 가족들은 그의 일기를 에머슨 씨가 읽어보도록 넘겨주었다. 일기가 지닌 진실과 아름다움은 그에게 큰 희열을 가져다주었고, 그는 그의 친구가 자기 자신을 완전히 정당화했다는 사실을 느끼게 되었다. 그는 자주 서재에서 나와 가족들에게 여러 대목들을 낭독해주었다. 나는 그의 1863년 일기분에서 다음의 대목을 찾아볼 수 있었다.

"헨리 소로의 일기를 읽다가 나는 그의 성품이 어디에서 유래했는지 깨닫게 되었다. 그가 걸을 때나 일할 때, 또는 숲을 측량할 때 내가 보았던 그 떡갈나무 같은 힘을, 나 같으면 시간 낭비라고 비켜버렸을 법한, 들판 일꾼들이 들일을 처리하는 그 거침없는 손길을, 소로는 자신의 문학 작품에서 보여준다. 나로서는 거절할 수밖에 없는 과업들을 시도하고 또 완수할 수 있는 힘의 소유자가 바로 그였다. 그의 글을 읽으며 나는 내 속에 있는 것과 동일한 생각, 동일한 정신을 발견하지만, 내가 재미없는 일반론으로 전달할 수밖에 없는 것을 그는 한걸음 더 나아가 탁월한 이미지로 예증한다. 그것은 마치 내가 체육관에 들어가 한 무리의 젊은이들이 범접하기 힘든 힘으로 도약하고, 기어오르고, 회전하는 모습을 본 듯한 느낌이 들게 만들었다. 비록 그들의 과업이 나의 매달리기와 뜀뛰기의 연장이긴 해도 말이다."(에머슨의 1863년 6월 24일 일기.-옮긴이)

한시적인 의사소통의 장벽에도 불구하고, 서로 간의 우정과 존경의 마음은 끝까지 지속되었던 것이다. 에머슨은 장례식장에서 자기 친구에 대한 느낌을 다음처럼 토로했다.

"이 나라는 아직 그를 알지 못하고, 얼마나 위대한 아들을 잃었는지 조금도 깨닫지 못한다. 그가 그 누구도 완성할 수 없는 과업을 한창 진행 중에 멈추고 떠나버린 것은 커다란 손실이다. 그가 그의 동료들에게 진정 어떤 인물이었는지 제대로 알려지기 전에 자연의 품으로부터 떠나야 했던 것은 그처럼 고귀한 영혼에게 일종의 불명예이기도 하겠다. 그러나 그는 적어도 만족했다. 그의 영혼은 너무나 고귀한 사회에 속했으며, 그는 짧은 일생 동안 이 세상을 위한 능력을 모두 쏟아부었다. 지식이 있는 곳이면, 미덕이 있는 곳이면, 미가 있는 곳이면 어디에서나, 그는 고향을 찾을 것이다."(에머슨의 영결사.–옮긴이)

옮긴이의 글

이 책은 다소 특이한 책이다. 헨리 데이비드 소로의 삶을 소개하는 전기임에 분명하지만 일반적인 일대기와는 성격을 달리한다. 전기들은 대상 인물의 전 생애를 가능한 한 자세히 조망하며 촘촘하게 기술한다. 전기의 저자는 통상 대상 인물에 애정을 느끼고 있어 우호적인 입장에서 글을 쓰나, 최대한 객관적으로 기술하려 노력한다. 그래서 전기는 일반적으로 연대기의 형식을 띠고, 그 문체도 사실 전달 중심의 건조체가 되기 쉽다.

　에드워드 월도 에머슨의 이 책은 전기들이 보여주는 이런 특징들과는 사뭇 다른 모습을 지니고 있다. 우선 그 문체부터 일반적인 전기와 다르다. 저자는 소로의 삶을 사실적으로 전달하기보다 인상적으로 전달하려 한다. 그래서 저자는 신문기사 같은 건조체가 아니라 서사적 묘사를 지향하는 만연체이자 화려체를 활용하고 있다. 당대의 중심적인 지성이자 문인이기도 했던 아버지 랠프 월도 에머슨의 영향과 소로와 함께 보낸 어린 시절의 광범위한 독서, 하버드 대학 학부를 우수한 성적으로 졸업한 인문학적 수련이 함께 작용한 결과이기도 하겠지만, 저자의 글은 다양한 인용과 문학적 표현으로 소로 삶의 주요 단면을 인상적으로 전달하는 데 성공한다. 어쩌면 저자는 소로 삶의 외형적 모습보다는 그 내면적 특징을 드러내고 싶었고, 사실 너머의 사실을 전달하고 싶었을지 모른다.

이 책은 외견상으로는 소로의 삶과 사상에 대한 몇 가지 오해를 푸는 것에 중점을 두고 있다. 먼저 그의 사상이 당시 큰 영향을 발휘했던 초절주의의 모조품이거나 한 부분에 해당하는 정도가 아니라는 점이다. 이런 오해는 당대뿐만 아니라 그 후에도 한참 동안 잔존해 있었던 편견이며, 심지어 요즘의 미국문학 전문가들도 가질 수 있는 생각이다. 저자는 소로의 사상이 일찍부터 벼려온 생각임을, 그리고 자연과의 실질적인 교감과 차원 높은 명상으로 이끌어낸 것임을 보여줌으로써 이런 오해를 불식시킨다.

둘째로, 저자는 소로가 게으르거나 이기적이며, 인간을 싫어했고, 심지어 반기독교적인 인물이었다는 편견을 깨려 한다. 이는 그 후 곧 자명해진 문제이지만, 당대의 콩코드 주민과 미국 독자들에게는 의심스런 눈초리로 소로와 그의 글을 대할 만한 사연이다. 저자는 가업인 연필제조사업과 관련된 일화나 월든 거주 시기 소로가 보인 근면함, 제도종교의 허례를 넘어 그가 추구한 진정한 종교적 경건성 등을 예시함으로써 인간 소로의 진면목을 잘 보여준다.

셋째로, 저자는 소로가 얼마나 자기 삶의 원칙을 찾으려 했는가를 강조한다. 간혹 괴팍함으로도 비칠 수 있는 면모들이 그의 일관된 원칙에 근거한 행동이나 처신이었음을 저자의 유장한 문장은 웅변해준다. 엄격한 토지측량기사로서의 소로, 세금 납부 거부자로서의 소로, 정치집회에서 노예제 폐지를 주장하며 열변을 토한 소로, 『시민 불복종』과 『월든』의 저자 소로가 모두 금강석 같은 소로의 여러 면임을 독자들은 쉬이 알게 된다.

마지막으로, 저자는 소로의 자연 사랑이 한순간의 기벽이 아니라 평생 동안 유지되어 온 삶의 원칙이었음을 입증하려 한다. 어린 시절 부모님의 손길에 이끌려 알게 된 콩코드 주변의 식물과 동물들, 대학시절 향수병을 앓게 하기도 한 고향의 강과 산, 고향에서 아이들을 가르칠 때 그들에게 안내하고자 했던 콩코드의 자연들, 인간사회를 훌쩍 벗어나 다른 차원의 삶을 실험하게 만든 월든 호수와 그 주변의 자연. 이처럼 소로 삶의 크고 작은 일에는 항상 자연 사랑이라는 동인이 작용하고 있다.

소로가 추구했던 이런 삶의 방식은 요즘 식으로 표현하면 환경 친화적 삶, 또는 생태친화적 삶이라 명명할 수 있겠다. 지구 생태계의 파괴가 극한에 이르러 그 위험의 징후가 시시각각 더 가시화되는 요즘, 진정으로 생태친화적인 삶이 어떤 것인가라는 문제는 전

지구적으로 던져진 화두임에 분명하다. 20세기 후반 이후 환경문학 또는 생태문학론이 세계문학 연구의 주요한 일각을 차지하게 된 점이 이 사실을 입증해준다. 소로의 저작과 미국문학의 전통을 다시 읽음으로써 생태비평의 새로운 길을 열었다고 극찬받는 로런스 뷰얼은 소로의 위상을 다음처럼 평가한다. "미국의 주된 하위문화 문학사에 있어 연구자나 일반인의 마음속에 소로만큼 자연을 잘 대변해준 이는 없다."

이 짧은 회고록에서 생태문학론의 초석이 된 소로의 문학세계 전체를 짐작할 수는 없겠다. 그러나 그의 자연 사랑이 한순간의 호사취미나 기벽이 아니며, 시종일관 그의 삶과 그 원칙들에 골간을 제공했다는 사실은 확인할 수 있을 듯하다.

이 책이 우리 독자들에게 인간 소로를 좀 더 정확히 알게 하고, 오래전부터 거듭 번역, 소개된 『월든』과 그의 일기들을 새로이 읽는 계기와 기준을 제공했으면 좋겠다. 나아가 플루타크와 네포스의 영웅전에서부터 출발해 중세의 성인전에 이른 전기의 전통이 그랬듯이, 읽는 이들로 하여금 소로의 생각과 삶을 본받고 실천할 수 있게 했으면 좋겠다. 인류와 모든 생명체들의 생존 터전인 지구가 이제는 더 이상 견딜 수 없는 파괴와 오염의 극한 상황에 봉착해 있기 때문이다.

이 번역서의 원전 『Henry Thoreau, as Remembered by a Young Friend』는 미국의 호우튼 미플린 출판사(Houghton and Mifflin Co.) 가 1917년 출간한 책이다. 지금은 저작권이 해제되어 인터넷의 여기저기에서 쉽게 접할 수 있다. 영어 읽기가 크게 불편하지 않은 독자들은 원문의 아우라도 함께 맛보기를 권하고 싶다.

당시의 좁은 독자층과 출판 관행, 그리고 저자의 선택이 함께 빚어낸 현상이겠지만, 요즘의 일반적인 독자들에게는, 심지어 어떤 경우에는 영미문학 전문가들에게도 결코 낯익지 않은 사건들과 인용들이 행간에 묻혀 있다. 우리 일반 독자들이 다른 참고물을 떠들어보지 않고도 읽어갈 수 있도록 필요한 정보들을 최대한 자세히 제시하려 노력했다. 원문에는 없던 출처 관련 정보는 각주가 아니라 문장 안의 내주로 처리했음에도 역주가 너무 많아진 느낌이 든다. 그러나 당대의 미국사회 분위기, 콩코드의 생활 풍경, 미국 문단이나 출판계의 사정, 저자가 어린 시절 받은 인문학적 교육의 수준 등을 어렴풋이나마 짐작하게 하는 데 기여하리라 믿는다.

지지부진한 번역작업을 은근히 채근하며 격려를 아끼지 않았던 실천문학사의 손택수 대표님, 늦디 늦은 원고를 짧은 시간 안에 깔끔한 책으로 만들어준 편집부 식구들에게 감사의 마음을 전한다. 여러 사람의 관심과 손길이 더해졌음에도 이 책이 지닌 잘못은 순전히 옮긴이의 몫이다. 독자 제위의 엄정한 질정이 의당 따를 것임은 이미 각오한 바다. 이 책이 실천문학의 '책 읽는 오두막'을 장식하는 작으나 알찬 읽을거리가 되길 바란다.

2013년 9월

서강목

소로와
함께한
나날들

2013년 9월 17일 1판 1쇄 찍음
2013년 9월 27일 1판 1쇄 펴냄

지은이   에드워드 월도 에머슨
옮긴이   서강목
펴낸이   손택수
편집   이호석, 하선정, 임아진
디자인   김현주
관리 · 영업   김태일, 이용희

펴낸곳   (주)실천문학
등록   10-1221호(1995.10.26.)
주소   우121-839, 서울시 마포구 서교동 478-3 동궁빌딩 501호
전화   322-2161~5
팩스   322-2166
홈페이지   www.silcheon.com

ISBN 978-89-989-4905-1 03840

'책 읽는 오두막'은 실천문학사의 교양 에세이 전문 브랜드입니다.

이 도서의 국립중앙도서관 출판시도서목록(CIP)은 e-CIP홈페이지(http://www.nl.go.kr/ecip)와
국가자료공동목록시스템(http://www.nl.go.kr/ kolisnet)에서 이용하실 수 있습니다.
(CIP제어번호:CIP2013018513)